ガーベラを思え

治安維持法
時代の記憶

横湯園子
Sonoko Yokoyu

花伝社

遠いひと

があべらの花が咲いた日
思い出したのは
あなたのこと
お花を持っておたずねした日
あなたのふかい微笑でした
遠いひとによせる
かなしい祈りを
ほっそりした
一片ひとひらの

唇に秘めて
朝の空をきり
ひるの銀線をうけて
夕は　ひっそりと眉をふせて
嬉しさにふるえ
恋しさにふるえ
悲しみにふるえ
もう、　わたしがお花に
なってしまいそう

ガーベラを思え――治安維持法時代の記憶◆目次

第一章　異界の境界域

第二章　琴の生きた道

第三章　時はめぐる

第四章　瑛子の生きた道

第五章　戦火を生き延びて

第一章

異界の境界域

一　「今夜は危ない！」

　最後の入院となった病室にあって、月子の母、琴は、薄暮から闇に変わる頃になるといらだち始め、窓の外を見つめて呟くのだった。

「ここは陸軍病院だった跡地の病院。羽のような、翼のような、その上に、四角い建物が二層、三層、四層とあって、……チリが積もって……汚い。ああ、なんて汚いこと。……ここは悪い病院、よくないところ」

　月子は「ああ、また、母の二層、三層、四層の呟き。せっかく狭心症の症状が安定して、個室から大部屋に移ることができたのに」と悲しくなった。

　元はといえば、腸閉塞での入院であった。ところが狭心症症状の併発もあって、通い慣れた都心の病院には間に合わず、公立病院に緊急入院したのだった。その後腸閉塞の危機から脱して、集中治療室から個室へ、個室から四人部屋へと、ようやく移ることができたのだ。

　主治医が気に入らないという琴の訴えをなだめることができず、幾重にも謝りながら先生まで代えていただいたのに……と、月子は涙を隠しながら、琴と一緒に窓の外を見つめるのだった。

　窓の外は暗く、樹高が一〇メートル以上はあると思われる欅の、秋色がかった葉の群れが、その先にあるヒマラヤ杉の林と一緒になって、周囲を闇色の塊にして迫ってくるようだった。都心の病院とは違って自然に恵まれているはずの病棟の外の景色も、琴の「ここは悪い病院、よくないところ」の声を背にすると、得体の知れないものたちがひそひそとうごめき出しているように不気味で、月子は思わずカーテンを引いてしまった。

八〇歳半ばの母、琴は、虚弱体質で痩せてはいるが、繊細そうな通った鼻筋に表情豊かな大きな瞳をもった、気丈な人であった。これまでに、外科手術を含めて五回か六回か入院しており、幾つかの病院のお世話になってきたが、厳しい検査にも耐えてきた。

子宮筋腫による手術は、月子が小学生の頃だった。胃潰瘍の手術は月子が三〇歳の頃だったから、琴は六〇歳近かったはずである。老年期になってからは腎盂腎炎による入院。八〇歳直前には、両股関節骨折に伴う手術もあった。その際に発見されたガン反応は部位がわからず、そのままになっていた。

しかし、いずれの病院においても琴は模範患者であり、いつも枕辺に重ねた小説を読書するか、あるいは体調の良い日はラウンジなどで新聞を読み、他の患者とおしゃべりを楽しんでいた。

月子が看病していて、見るのもつらかったのは、局部麻酔のみの両股関節骨折の手術とリハビリだった。全身麻酔を避けたのは老齢のためであったのか、今になっては知る由もないが、局部麻酔のみで骨折部分を金属で接合する手術に耐えるつらさは、想像を絶するものであったはずだ。今でも、思い出すと切なくなる。

術後のリハビリもつらかったはずが、ここでも琴は模範生であった。リハビリ室から戻り、一眠りした後は、琴はその日のリハビリの内容を復習するかのように、病室前の廊下の手すりにつかまりながら歩行練習をしていた。片方だけでも健康ならともかく、両股関節手術後のリハビリである。リハビリ室での練習だけでもつらいはずなのにと思って、月子が声をかけたことがあった。

「大丈夫？　無理をしないで」

「……」

「部屋に戻りましょう」

「……拷問と比べればまだマシ」

一瞬の間をおいての、遠い彼方を見つめているような表情と低い声。本人の口からは初めて聞く「拷問」という言葉に、月子は言葉を失った。母は「拷問」について語る人ではなかった。それを思い出すことで、手術やリハビリに耐えていたのだ。

琴は、治安維持法体制下において、特高警察に逮捕された経験がある。政治的にも思想的にも運動に関わっていなかったにもかかわらず、後に夫になる恋人の居場所を探しているところを逮捕されたのだ。短期間の拘留ではあったが、その際に拷問されたとのことだった。

琴はこれまでの、いずれの入院や手術についても、同じように拷問時を思って耐えたのだろうか。月子は、この人が生きているうちに戦前をどのように生き抜いたのかを聞いておこうと思うようになった。

いずれにしても、模範生だった母だ。やはり今回の入院での、尋常ではない神経質さに、月子は戸惑うばかりであった。

窓の外の闇が、さらに深くなった頃だった。

「今夜の月子はおかしい。顔がヘン」

と、琴が月子の顔を心配そうにのぞき込んだ。ヘンといえば、母の顔こそ引きつっていた。

「顔がヘン？　何ともないけど」

「そんなはずはない。今夜はおかしい」

琴は真剣だ。月子は、母に何が起きているのか見当もつかず、押し寄せる不安を隠して、母に身を寄せた。

「大丈夫よ、心配しないで」

とはいえ、母の言葉に影響されたように、窓の外の暗さが心なしか増していくように思えて、月子はぞっとした。

病室は大部屋だった。会話は同室の人たちに筒抜けだ。他の人を不安にさせてしまっては申し訳ないと思い、月子は帰り支度を始めた。

「そろそろ消灯時間だわ。帰るわね」

「車を運転して帰るのはおよし。今夜は危ない」

「安全運転で帰るから大丈夫よ」

月子は、琴の手を握り返しながら、個室であれば補助ベッドで夜を徹して看病ができるのに、と思った。

「今夜は危ない。いつもの夜ではない、今夜はよくない夜。タクシーでお帰り」

「ええ、タクシーで帰るわね」

月子は車で帰るつもりであったが、そう返事をした。そのような月子に、琴はたたみかけるように問うてくる。

「月子、住所を言ってごらん」

「電話番号は？」

月子が答えると、ほっとしたのか、琴の表情がやわらいだ。

「大丈夫なようね」

「ええ、大丈夫よ」

「タクシーで帰るのよ」

「ええ。正面玄関に停まっていなかったら、道路に出て探すから」

月子がバックや荷物を抱えて「おやすみなさい」と告げて、そっとドアを閉めようとしている時だった。再び、声が追ってきた。先程の不安そうな声から一転、厳然とした声だった。

「今夜はいつもの夜ではない。今夜は危ない。タクシーが月子を救う」

月子はナースステーションで挨拶をしてエレベータの前に立ったものの、やはり母が気になって引き返し、病室をそっとのぞいてみた。琴はベッドに起きあがって、何かを紙に書いている。何を書いているのだろうか。気になった月子はナースステーションに立ち寄り、事情を話して、様子を見に行ってもらった。しばらくして戻ってきたナースは、何やら手に持っていた。

「あのー、『娘が無事に自宅に帰り着けるかどうか心配だから電話をしてほしい。家の者が電話に出るはずだから、迎えにくるように伝えてほしい』と……。電話番号のメモも手渡されました、どうしましょう」

「まあ……電話を、ですか」

「ええ、電話を、と」

「今夜の母は神経がピリピリしているようで、すいません。私、家に戻りましたらお電話いたします。申し訳ありませんが、母のことをよろしくお願いします」

月子はエレベータで地上階に向かいながら、「ああ、母は狂ってしまったのだ」と思い、こらえていた涙が溢れてきた。

エレベータホールの窓から見える花壇も、低木群も、別病棟の建物も、闇に包まれつつあった。外来棟へとつながる渡り廊下は常夜灯のみが明るく、月子は夜にそこを歩くのが苦手だった。

渡り廊下の先は正面玄関へと続く棟で、廊下も幅広い。

ふと、廊下の長椅子に、長身の繊細そうな青年が座っている。すでに、夜の一〇時を過ぎようとしていた。入院患者の家人だろうか。見舞客にしては、時間が遅すぎる。月子は、この青年も看病に疲れてここに座っているのかもしれない、と思った。すると、その青年がすっと立ち上がって、月子を玄関ホールへと誘うように歩き出した。

いつもは賑やかなレストランや売店も当然ながら閉まっていて、月子は青年の後ろを歩きながら、慣れた廊下が、いつもより長いように感じた。玄関ホールも人の気配はなく、暗く静まり返っている。

いつもは正面玄関前で客待ちしているタクシーも、今日はいないようだ。

月子は地下の駐車場へと向かった。月子の歩くスロープに沿って植えられている低木が、薄暗いライトの下で不気味な薄黒い塊になっている。

月子が車に乗って地上へ上がると、先を歩いていた青年が料金所脇の小屋の前に立ちどまり、中にいる誰かと話をしているのが見えた。この時刻の料金所脇の小屋は無人になるはずだ。

今夜は人がいるんだわ、と思いながら月子も近づいていくと、小屋には誰もいなかった。

青年の姿も消えていた。そこには、誰かがいたような気配だけが残っていた。

気づけば、闇が一段と濃くなっていた。月子が、思わず車を止めた途端だった。琴の「今夜はいつもの夜ではない。タクシーが月子を救う」という声が、はっきりと聞こえてきた。月子自身の内から聴こえてきたのか。それとも彼方からの声なのか。

いや、ちがう、と思った瞬間、声は消えた。

とにかく、駐車場からは出なければと思い、月子はエンジンをかけて料金所のゲートに向かった。料金表示に従って支払いを済ませて前を見ると、ライトの中に、ふたたび先ほどの青年が立っている。

この青年は誰？

月子は、心底怖くなった。しかし、青年を意識しすぎると怖さに負けると思い、自身の声を確かめるように「一、二、三、四、五……」と声を出して数を数えた。

気持ちを落ち着かせて、月子はあらためて青年を見つめた。怖がるには、その姿はあまりに繊細で傷つきやすそうな、哀れなものに感じた。

この病院は帝国陸軍病院跡地に建てられていた。彼は傷病兵かもしれない。不気味さも恐れも忘れて、つい、青年に対して心を痛めている月子であった。

その時だった。またも、どこかから「この青年はこの世の人ではない」と聞こえてきた。月子が「ということは、彼は異界の人……?」と問うと、青年の姿は消えた。

月子は、母の言う通り、今夜は危ない夜なのだ、と思った。青年の姿は消えたとはいえ、気を確かにしなければ事故を起こしてしまうだろう。そう思った月子は、料金所を出たところで一度車を止めた。そして、「こういう時こそ、深呼吸よ」と自身に声をかけて、丹田からの呼吸法を試みた。うっすらと目を閉じながら、意識を丹田にもっていき、息をゆっくり吸って、腰で止める。そして、腰から息をゆっくり丹田に。そしてまた丹田からゆっくり息を吐く。ひと呼吸できたところで、もう一度。

しばらく深呼吸を繰り返し、「もう大丈夫」と思った月子は、車のエンジンをかけ、スピードを上げずに、ゆっくり、ゆっくりと正門を出て、道路脇にふたたび車を止めた。とにかく、病院の敷地からは出たのだ。もし、闇色の空気がふたたび伸びてくるのであれば、タクシーで帰ろうと思った。

結界を抜け出たにちがいなく、空気は馴染みの夜の色で、正門近くの樹木も、秋らしい葉の群れに戻っていた。街灯のあかりも普通だった。月子も、「もう、大丈夫」と自身の声を確かめると、心底から大丈夫だと思えた。

それでも、野仏があるガード下とその先の林道は避けて、スピードを落としたまま夜の大通りを走った。普段は意識しないで通り過ぎていた団地群も明るく感じられ、コンビニエンスストアに見える買い物客の姿や、ファミリーレストランでテーブルを囲む家族連れや男女の姿に心が和んだ。なんと平和な光景であることか。

大通りを抜け、住宅街に続く小道を曲がり、ようやく家にたどりに着いた。車庫のシャッターを上げると、なんとも言えない安堵感が月子をつつんだ。車庫内の薄暗さも心地よく、エンジンを止めた後しばらく、運転席のシートに身を預けたままにしていた。

そして思った。そうだ、あの人、母は、「生」と「死」の境界域にあって、異界の人たちが見えていたのだ、と。

二　バラの小道と白い花

琴が腸閉塞で入院する前のことであった。

空の蒼い、心静かな昼食前のひと時を過ごしながら、月子はふと、琴をバラ園に誘ってみようと思った。

「体調はどう？」

月子は母に声をかけた。

「別に……、変わりないけど」

「よかった。バラ園の散歩はどう？　私、今日は暇なの」

「まあ、バラ園。どこのバラ園？」

琴は、一人での外出はままならなくなっているだけに、読んでいた新聞をベッド脇に置いて座り直して、嬉しそうだった。

「久しぶりに京成バラ園はどう？　旧古河庭園も近くて良いけど、たまには遠出するのもいいでしょ。遠出するなら神代植物公園のバラも素敵だけど、思い切って京成バラ園まで」

「いいわね。コートは持った方がいいかしら？」

琴はすぐにベッドを離れて洋服ダンスに向かい、コートに、スカーフを、と身支度を始めた。若い頃は背が高く痩せ型だった琴も、今では背も縮み、腰の辺りがやや左に曲がってはいたが、目鼻立ちのはっきりした顔は生き生きしていて、八〇歳半ばとは思えなかった。


月子はバラの花が好きだった。多忙が続き、心身ともに燃えつきそうになると、何とか時間を見つけては、二、三〇分程度であろうと日比谷公園の樹林を歩き、厳しい歴史を切り抜けてきた大木の節くれだった幹に触れ、枝々の間から空を見上げ、バラ園のベンチに座って過ごしたりするのであった。

大正初期の庭園の姿をとどめる、旧古河庭園も好きだった。北側の小高い丘には洋館、斜面には洋風庭園、そして低地には日本庭園が配されていて、東京のバラの名所として親しまれていた。一本に紅色、白色両方の花をつけるバラ、「思いのまま」も話題になったが、洋風庭園の品の良さも格別だった。月子は、時間に余裕がある時は邸内にあるカフェでコーヒーを片手に本を読み、読書に疲れると庭を歩き、バラや季節の花を楽しんだ。また、真冬には真冬の風情があり、そこに身をおくのだった。

日比谷公園や旧古河庭園に出向く時間がないときでも、駿河台や御茶ノ水駅周辺に用事があれば、異国情緒豊かなビザンチン風の丸いドーム型をしたニコライ聖堂の境内に立ち寄り、そこに一本だけ丈高く咲いているバラの花と香りに身を置いた。たとえ二、三分程度であっても、身も心も回復するのだった。

千葉県にある京成バラ園は、月子たちの自宅からそれなりに遠く、首都高速道路を運転しても一時間近くかかった。

一九五〇年代にできたという京成バラ園は、バラの種類の多さで有名なだけでなく、設立以来、世界中の薔薇コンクールで数々の賞を受賞していた。西洋庭園の造りで、直線や円など幾何学模様を基調に設計されている。月子は三、四年に一度、行くか行かないかではあったが、三万平方メートルの広さを誇る園内には世界の最新品種から野生種のバラまでが植えられていて、そこに居るときの幸せは言葉では表現できないほどであった。

晩春の五月頃から初夏に咲くバラは、その華麗な色彩と香のハーモニーに魅せられるが、月子は秋バラの、小ぶりではあるが孤高の品格があるのも好きだった。母にも秋バラを見せたくて、京成バラ園に誘ったのだった。

京成バラ園を見渡せるカフェのベランダで紅茶を飲んで一息つき、受付で車椅子を借りての散策となった。

しばらくぶりに訪れた京成バラ園は、以前よりもバラの株が増えているようで、豪華絢爛の言葉そのものだった。好きだった馴染みのバラを探し出すことができないほどに、バラの花と花がびっしりと重なりあっている。

京成バラ園は、一九九九年のリニューアル時の移設・移植後、年々花の数が増えているとのことで、その数なんと一六〇〇種類、約一万本とのことであった。園内に咲く八〇種類のツルバラはモダンローズを中心に四〇〇株におよび、スクーリーン、ポール、アーチ、パーゴラを使って立体的に見せる工夫が施されている。それらのバラをすべて見てまわるのは、車椅子の老女と中年期を過ぎつつある月子にとってはきつすぎた。

自然風庭園であるイギリス庭園は、リニューアル前のままの雰囲気で二人に合っていた。琴と月子は、それぞれが心惹かれるバラの前に佇んで香りを楽しんだ。幸せそうな琴の姿に蒼い空、バラの香り。月子は秋バラの咲く季節に誘ってよかったと思った。

イギリス庭園の後は、「バラの丘」から「バラの谷」へと進み、大木の樹々が茂る「散策の森」にそって小道をたどった。

車椅子では、山を模した「散策の森」に歩を進めることはできない。森に沿っての小道は、樹林の陰影とこぼれる光の中にあって、ゆるやかに曲がりくねっていた。

その途中を右に折れると、泉に行き着いた。小川ともいえないほどに狭い川幅の水が、泉に流れ込んでいる。小道をたどって泉のほとりの小さなベンチ。雑草の中に咲く白や青の小花。琴も車椅子を離れて、「バラの小道に白い花」と呟きながら歩を進め、野バラに微笑んでいた。月子も一人、泉の周りを散策した。

言葉のいらない静けさと安らぎ。

遠くの樹林には鳥の群れ。

月子は琴の声で我に返った。

「なあーに」

「私の老後は幸せだった」

沈黙が続いた。

「老後って、今のこと？」

月子も静かに問うた。

「そう、今のこと。バラの花や樹林を見ながらたどる小道に、泉に、ベンチ。西洋映画に夢中だった娘時代を思い出していたの。松濤町の叔父の家の庭にもベンチが置かれていて、独りベンチに座って、いろいろなことを思い、考えていたの。今思えば、空想のようなことを含めて」

「シナリオライターになるのが夢だった頃のことでしょ？」

「そう。詩人にも憧れていた頃だったなあって」

「詩人にも憧れていたの？　知らなかったわ」

琴は、詩人にも憧れていた当時のことを思い出していた。私は詩を書いたこともなかったのに。詩人だった姉に影響されて、自然とそう思うようになったのかしら……。

「そう。心の深いところで憧れていた。心の深い、深いところで」

月子は、琴が毎日ノートに日記を書いているのは知ってはいたが、今でも、そこに詩を書いているのだろうかと思った。

「知らなかったわ」

月子は母の思いを中断させまいと思って、次の言葉を待った。

大正時代から昭和の初め、琴は、大叔父から教えられたゲーテの詩が好きだった。幕末から明治にかけてフランスやイギリスに滞在していた大叔父が所蔵していた植物の標本や文学書を見せてもらった。ゲーテの詩も口伝えに教えてもらったのを機に、『ファウスト』も読んだ。

そして琴は、夏に咲く白やうす紅色の野ばらとその香りを思い出しながら、ゲーテの詩、「野ばら」

が好きだった……と回想していた。

「昔、好きだったゲーテの詩を思い出していたの」

「えっ、ゲーテの詩を?」

「そうなの。野ばらの詩。野なかの薔薇を……」

月子は心の中で、「童は見たり　野なかの薔薇……」と、シューベルトのメロディに乗せて後に続いた。そして、イングリッシュローズが咲く「バラの丘」から「エデンの泉」の名前を冠したフランス風バラ園、「散策の森」に沿っての小道と泉、それらのすべてが、母の中にゲーテを呼び寄せたのだ、と思った。

「私、野ばらの詩、覚えているようで、途中までしか思い出せないの。歌ってみて、お願い」

琴はゲーテの詩の世界を漂っていたのだろうか。月子の声で現実の世界に戻ったようだった。

「野ばらの詩を、全部?」

「ええ、全部を」

「顔を見ないで、ね。緊張してしまうから」

どこか夢見るような、琴の低い静かな声だった。

童は見たり　野なかの薔薇
清らに咲ける　その色愛でつ

飽かずながむ
紅におう　野なかの薔薇

手折りて往かん　野のなかの薔薇
手折らば手折れ　思い出ぐさに
君を刺さん
紅におう　野のなかの薔薇

琴の声が次第に消えていく。

「久しぶりのゲーテ……。この続きがまだあるけど、この辺でやめておく」

しばらく無言が続く中、月子は「紅　におう　野なかの薔薇」と口ずさみながら、一人、泉のほとりに向かった。

琴は月子の後ろ姿を見つめながら「ああ、野ばらよ　野ばら　野なかの薔薇よ」の別訳も思い出し、文学青年だった亡き夫を想っていた。すると、「ミニヨン」の一節まで自然と思い出すではないか。

あこがれを知るひとだけ
わたしの悲しみを知ってくれる！

喜びの全てに離れ
ただひとりわたしは
大空のかなたを見やる
ああ　わたしを知り
わたしを愛してくれるひとは
遠いところに行ってしまった
眼はくるめき
臓腑は燃えるようだ
ああ　あこがれを知るひとだけが
わたしの悲しみを知ってくれる！

ああ、あの人、夫の将之が亡くなって半世紀以上になるのに、「ミニヨン」を思い出すなんて……。車椅子でバラ園を散策するような老体になってしまった今でも、私の心は亡き夫と初めて出会った頃のままなのだ、と思う琴だった。

どのくらいの時が経ったのだろうか。泉の周りを散策していた月子が戻ってきて、琴の横に腰を下ろした。

「ススキが赤穂をつけていたわ」

「赤穂のススキ？　赤くなるのね、ススキは。

　今ね、ゲーテの野ばらの詩で昔々のいろいろなことを思い出していたの」

「昔々を？」

「映画を観たくて上京していた頃を思い出したの。新橋駅までは汽車で。新橋駅には、松濤の叔父が車で待っていてくれて」

「出迎えの車？」

「ええ」

「東京の親戚の人たちは、お母さんがシナリオライターになりたいと思っていたことを知っていたの？」

「知っていたかもしれない。でも、言葉にしたことはなかった。詩人に憧れているとは言えなかった。この歳になるまで、詩人に憧れていたなんて誰にも話したことがなかったのに……。どうして今頃になって話してしまったのかしら。ヘンね」

「ヘン？　そうかしら。野バラの小道に泉、鳥たちに誘われて、思い出したのだと思うわ。不思議の国のようなバラ園に、森の小道に、泉に……」

「そうね。不思議な国のバラ園に、森の小道に、泉……。言い得て妙ね」

　なんとも表現しがたい懐かしさが琴にこみ上げてきた。娘時代に訪れていた、東京の松濤町にあった叔父の住む洋館にいるようななつかしさだった。

朝の紅茶をベッド脇に置き、「窓をお開けしましょうか」と、カーテンを開けてくれる年老いた女中さんに「ありがとう」と礼を言い、お寝坊姿で窓辺に立って外を眺める。目の前には秋の庭。バラや桔梗、小菊が咲いている庭。大木の松や欅、一〇月頃に咲くと春まで断続的に咲き続けるというジュウガツザクラの木々。散歩中の叔父が、琴の姿に気がついてうなずいている。手押し車を押しているのは園丁だろうか。いや、園芸好きの従兄弟かもしれない。

そう思っているうちに、庭も叔父たちも消えてしまった。琴は「ああ、おじさま」と、心の中で呼びかけていた。

どこからか、「いつまでも、いつまでも一緒だよ」という声が聴こえてきた。次第に幻影は消え、物語の終わりを告げるかのように、娘、月子の声が聞こえた。

「出迎えの車って、馬車?」

「もうその頃は自動車」

琴は現実にもどりつつ、月子の問いに答えた。

「その頃は馬車ではなく自動車になっていたのね、知らなかったわ」

「その頃はね……。人力車もあったわ。だけど松濤の家には乗用車があったから、出迎えは自動車だったの。映画館まで自動車で送ってもらうことも……。時々だったけど」

「映画を観に行く時までも? ぜいたくね」

「そうね」

娘に、明治から大正、大正から昭和へといった文化の変化を実感させるのは難しいように思えた。思えば、あの時代になんとぜいたくだったことか。映画や歌舞伎を観に行く際にも、自動車での送り迎えがあったとは。私はもう八〇歳半ば近くに。近しい人は皆逝ってしまったのだと、寂しさがこみあげてきた。

日本で初めて自動車が走ったのは、一八九八年にフランスの車が築地―上野間で試運転されたのが最初とされる。これが、自動車輸入が道路整備のきっかけとなったということだった。

「一九二〇年の終わりから三〇年頃って、無声映画だったの？」

「無声映画からトーキー映画へと移っていく頃で……、ハリウッドの映画会社が徐々に日本に進出していた頃だったの」

「ハリウッドはその頃、進出してきたのね。知らなかったわ」

月子の関心は乗り物から、琴が何をどのように鑑賞していたのかへと移っていった。母が、詩人への憧れを胸に秘めながら、最先端の映画に触れてシナリオライターになりたいと思い、シナリオライターになりたいから映画を観ていたのだと、あらためて思ったのだった。

映画などの映像文化には疎い月子ではあるが、チャップリンの『黄金狂時代』や『戦艦ポチョムキン』については知っていた。琴によると、『戦艦ポチョムキン』は第一次ロシア革命二〇周年記念に製作されたもので、共産主義的プロパガンダ映画だったために、終戦から二二年経った一九六七年にようやく公開されたとのことだった。

琴は、あの時代にロシア革命や共産主義の宣伝をする映画を上映するなんてありえない、私はそういう時代を生きてきたのだ、と改めて思った。同時に、「ああ、あの頃の映画の話ができるなんて」と思いながら、庭園の雑草の中に咲いている名も知らない小さな花たちを眺めていた。そして、何となく若やいでいる自身に微笑んでいた。

月子もまた、琴の胸の内はわからなかったものの、母と映画について話ができて嬉しかった。

「その頃は、そのような映画があること自体知らない人の方が多かったのでしょ？」

「そうね。当時は映画を観ることができる人は少なかったから。今とは違って、芝居小屋はあっても、映画館がある町は稀だったの。私だって、汽車に乗って、東京まで観に行っていたのだから」

「モダンガールと思われていたでしょうね」

「今思えば、多分。松濤の叔父の家にいる時は映画だけでなくて、歌舞伎や能も観に行ったの」

「歌舞伎や能も？」

「ええ。能は幼い時から習っていたから」

「幼いって、何歳頃から？」

「三、四歳の頃から。ピアノも」

知らなかったことだらけで、仰天する月子だった。歌舞伎や能まで観ていたとは。しかも幼児期から能やピアノも習わされていたとは。すべて初耳だった。

思えば、母はお嬢様育ちだったのだ。その母が、戦中と戦後を通して、なぜあれほどの貧しい生活を強いられたのだろうか。その理由について、月子は直接琴から聞かされたことはなく、月子も質問したことはなかった。時の流れた今でも、思うこと、質問したいことはあるが、泉に流れ込む水をじっと眺めている幸せそうな琴の姿を見ると、話題にすることはできなかった。

無言の刻が過ぎていった。快い無言の深奥にいる母の邪魔をしてはいけないと思った月子は、「泉の向こうまでいってみるわね」と断って、一人、水辺をそぞろ歩きした。

三　語れることと、語れないこと

歩きながら、月子はやはり思い切って尋ねてみようと思って、琴のいるベンチに戻った。

「思想犯でもないのに逮捕されたのは、松濤の家から映画を観に行っていた頃より、ずっと後なのでしょ？」

「……」

琴の返事はなかった。やはり、話題にしてはいけなかったのだと月子が思い始めていた時だった。

「そう……、そのことね」

小さな声ではあるがはっきりとした声だった。

「ええ。尋ねてはいけないことを尋ねてしまってごめんなさい。時期がどのように重なるのか、重ならないのかを知りたかったの。教えてもらえれば……」

「ずっと後とも言えるし、並行していたとも言える。ずれながら、というのが正確かもしれない」

呟きに似た低い声だった。

「ずれながら？」

月子は言葉を選びながら問うた。

「そう、ずれながら。いつかは話さなくてはと思っていたけど、話すことができるかどうか……」

琴は視線を泉の面から月子へと移し、再び、泉に。そして黙ってしまった。

月子は、私はなぜ質問をしてしまったのかしら、と思った。バラ園での幸せな時間だったのに、と。

しかし一方で、ずっと気なっていた母の寝言について考えていた。

月子は常日頃、深夜まで本を読んでいるか、パソコンに向かって仕事をしていることが多く、頭を切り替えるために、あるいはひと休みしたい時に、コーヒーを煎れようとキッチンに立つことがあった。

琴の部屋はキッチンに続く廊下の最奥にあった。母を起こさないように歩きながら、月子は時折、悲鳴に近いような母の寝言に出会うことがあった。月子は、「うなされているんだわ」と思いつつ、「起こしたほうがいいかしら？」と悩んで立ち止まることもあった。

そのような時、月子は、琴が戦前の治安維持法の下で逮捕され、短い期間ではあるが、留置所等で拷問された経験があるという話を思い出すのだった。

悲鳴に近い寝言は、逮捕、拷問の悪夢によるのではないかと思ってはいたが、泉のベンチでの会話を経て、月子は改めてその深刻さに気がついた。

心理臨床家として病院に勤務してきた月子である。心の傷について語ることがどんなにつらいことなのかを知っていた。語ること自体が拷問を再体験することになる。月子はあらためて、会話にしてしまったことを悔いた。肉親ゆえの過ちであった。

例えば、世界大戦の戦闘参加者も難民も、老年に達し、加齢による衰亡を味わうにつれて、トラウマの復活を経験しているという。同じく、児童虐待、いじめ・暴力、セクハラ被害者も、人生の長い年月のなかで、何度も何度もその場面を思い出しては苦しむ。

琴が、家族という身近すぎる相手に、拷問等について語ることがどんなにつらいことなのか。月子が、出会ってきた暴力被害者たちのことに思いを馳せ、話題にしたことを悔いている時だった。琴が呟くように話しかけてきた。

「老後は幸せだった」

「老後？」

「そう。老後」

琴は、うなずき、微笑んだ。泉のほとりのベンチに似合う、幸せそうな微笑み。このような幸せに包まれた中でなら、つらく厳しかった時代のことも話せるのではないか。話すことで、悪夢も見なくなるのではないか、と月子は思った。

「そうね、もう大丈夫ね。悪夢も見なくなるのでは？」

「……」

琴は一変して無表情になり、微動だにしなくなった。その姿を目の当たりにして、月子は質問したことを後悔した。

「ごめんなさい。つらいことを思い出させてしまって」

「……」

「でも私ね、ずっと、話ができたならと思っていたの。話すことがどれほどにつらいことなのかわかっているはずなのに……ごめんなさい」

「……」

様々な思いが去来しているのだろうか。琴の返答はなかった。

もちろん月子も、逮捕や拷問について、そう簡単に語れる話ではないとわかっていた。とはいえ、人生の終焉期だからこそ、過去と今、娘時代と現在につながる時空間を行ったり来たりしながら話すことによって、ずっと楽になるのではないかと思っていた。

琴の返答はないまま過ぎていった。風が出てきたのだろうか。泉の水面に、小さなさざ波が立っていた。

「風が出てきたみたい。気温が下がってこないうちに帰りましょう」

風邪を引かせては大変、と思って月子は声をかけた。琴は彼方と此方の境界域にいたのか、月子の声で、現実に戻ったようだった。

「……風？」

「風が出てきたから、戻った方が良さそうよ」

「ええ、そうね」

月子の声かけで、琴は再び車椅子の人となり、月子は車椅子を押す人となって、バラ園への道へと戻ったのだった。

観葉植物のある温室では、琴は車椅子から降りて、月子と琴、それぞれが魅かれる植物の前で足を止めるのだった。別々に、一人で行動できる嬉しさ。車椅子を返した後での軽食も、それぞれの想いの中で食べた。

夕食の時だった。月子の夫、匠が「バラ園はいかがでしたか？」と琴に尋ねた。母、琴がなんと答えるのか、月子は不安になった。

「ええ、久しぶりのバラ園で。秋バラは品が良くて」

「秋バラの良さ、僕もわかるなあ」

「バラだけでなく、何もかも素敵で」

琴の感想に月子もうなずき、母と微笑みあった。拷問の話はまたの機会に、互いの心の準備を整えてから……と思った。

「京成バラ園には久しく行っていないなあ。バラの種類も増えているそうだし、次に行くときは誘ってくださいよ」

「ええ、ぜひ、皆で」

月子は、「拷問の話は私たち二人の間のことにしましょうね、お母さん」と心の内で思いながら、二人の会話を聞いていた。

四　琴の戻る家

琴が月子たち家族と住むようになったのは、両股関節骨折での入院、手術をした以後であった。主治医からは「動けるようになったとしても、車椅子生活がせいぜい」との説明であった。

琴は気丈すぎるほど気丈な人だった。見ているだけでつらくなるような術後のリハビリにもよく耐え、食事、入浴、寝起きなどは人の手を借りずにできるようになったが、あくまでも家の周りを歩ける程度で、一人暮らしは無理であった。

退院後すぐ、琴が月子たちと住めるようになったのは匠のおかげだった。当時、匠は定年退職して間もない頃で、ゴルフや庭仕事を楽しんでいた。

琴の入院中の看病は、娘たち、弟家族たちの都合を聞きながら月子が調整していた。とはいえ、弟夫妻は遠距離勤務かつ超多忙、姪の一人は外国にいた。月子の娘である薫子は結婚していて、病院から二時間近く離れた他市に住んでおり、もう一人の娘カンナは独身とはいえ、超多忙。それでも、薫子、カンナはスケジュールを調整してくれてはいたが、月子への負担は重かった。そのような月子を、

「退職した僕のできること」の一つとして支えてきた匠であった。

そのような匠が、月子から母親の琴をわが家に引き取りたいと相談された時、すぐには同意できなかったのは、月子の体を心配してのことだった。カウンセラーとして病院勤務をしていて、心理臨床の仕事が「いのち」という姿勢の月子であった。それだけに、肉体だけでなく精神的にも疲労困憊していることも多く、休みの日は終日、眠り続けていることもあった。

悩んだ末に、匠が琴の同居に同意したのは、母親を引きとることで増すにちがいない月子の大変さを助けるのも、「退職後の僕にできること」ではないか、と考え直してのことだった。そのことを知った月子がどれほど感謝したことか。涙が出るほどだった。こうして、琴が加わっての生活が始まった。

それまでの琴は、一人静かに本を読み、孤独を愛しているかに見えながらも人付き合いがよく、心許せる知人や友人とは時間を忘れておしゃべりしているような人であった。また、困っている人がいればすぐに相談に乗る正義の人でもあった。

それだけに、一人では外歩きもできない体になってしまったとはいえ、住み慣れた地や人間関係から離れての、月子たち家族だけとの生活はつらいに違いなかった。

匠はそのような琴の寂しさを思ってか、家屋の修理を、琴と親しかった左官夫妻に頼んでくれた。家の修理時には左官の奥さんもついてきてくれることもあり、琴の手を握って涙ぐんでいた。

琴も嬉しかったはずで、左官の奥さんとのおしゃべり、庭先でのお茶のひと時も楽しそうだった。

そのような琴の姿を見て、月子は匠に、あらためて感謝するのだった。その頃から何かにつけ出入りしてくれるようになった左官夫妻にも、どれほど助けられたことか。

匠は温和な人柄で、かつ清廉潔白な性格だった。問題意識ははっきりしているが、言葉に出すことはなかった。昔からの学友を大切にし、退職後も月に一回は同窓会会館での食事会に集まり、ゴルフもその仲間たちを中心に楽しんでいた。

そのような匠が、月子に「僕は、お母さんのようなタイプとのおしゃべりは苦手なんだ」と打ち明けたことがあった。月子は、

「わかっているの、ごめんなさい。何かあったの？」

と尋ねた。

「何も。特に何もないが、お母さんも僕と同じように、僕が苦手なんだろうなと思って」

「そうかも。年齢の違い……もあるでしょうし」

匠と琴だけになった時の会話は、二人とも緊張するのか、何かの折に齟齬が生じることもあるにちがいない。それでも月子は、匠が琴との関係の難しさについて正直に話してくれたことに、ホッとしていた。

もちろん、匠も琴も努力はしているようであり、二人の間にある気まずさをなんとかしようとしているのが月子にもわかった。そのような時、匠は不自然にならないように気を遣って庭に出て行くのが常であった。月子は心の中で「申し訳ない。ごめんなさい」と謝っていた。匠は、タバコを吸いな

がら気持ちを落ち着かせていたに違いない。

また、琴の「自分でできることは自分で」と頑張りすぎる部分が、匠の善意を傷つけるのではないかと、月子は不安だった。しかし、月子からそれぞれに「気を遣いすぎないで」と言うこと自体が気を遣わせることになりそうで、一人で悩んでいた。

月子が遠方での研究会に参加して、家を留守にした時だった。匠は気を遣いすぎて疲れたのか、琴によると、ビールジョッキあるいはワイングラスから手を離すことがなかったようで、たまりかねた琴がそれを注意したという。言い合いにはならなかったが、二人の間には気まずい日が続いたようだった。

匠は、女性ととりとめのないおしゃべりができるタイプではなかった。それだけに、月子の留守中、匠は過緊張を、琴はとてつもない孤独を感じていたことだろう。

もちろん、琴と月子との間でも、とりとめのないおしゃべりが延々と続くということはほとんどなかったが、互いの間に揺るぎない信頼があるおかげで、表面的には単発的会話であっても、深いところで通じ合っていた。

研究会から帰宅した翌日の、琴による匠のワインやビールの件についての愚痴は、月子にとってショックだった。しかしだからといって、匠がそのような人ではないこと、琴に気を遣いすぎてのビールとワインだったのではないかと、母に伝えることはできなかった。月子はあらためて同居の難しさを痛感した。

匠からは、別の機会に「君の留守中は、薫子かカンナのどちらかに家に居てもらえないかなあ」と言われ、「ああ、やはり……」と思ったが、「なぜ」と尋ねるのはやめた。しかし、おばあちゃんっ子である薫子は、結婚後は車で二時間以上かかる町に住んでいたし、カンナも祖母のことには心を配りながらも、夜中まで仕事の続く多忙の人であった。

そのようなことはあったが、三人がそれなりに平穏な日々を過ごせていたのは、庭のおかげかもしれなかった。

庭はそれなりに広く、一年を通して花に溢れていた。右隣の家との塀の境には椿や山茶花、左側の境には椿や銀木犀。庭にはミニバラ以外にバラの名木が数本。冬にはロウ梅、春には水仙やクリスマスローズ、花の先端に緑色の斑点がボツボツとはいっているスノーフレークが。初夏にはアイリス、ラベンダー、秋にはコルチカムなど、季節ごとの花が咲いた。

庭をこよなく愛し、ヘルマン・ヘッセの「庭仕事は瞑想である」の言葉を座右の名にしていた匠である。ヘッセが言うように、匠もまた、草花や樹木が教えてくれる生命の秘密に触れていたのだろうか。

月子も、若い頃からヘッセの詩が好きだった。中でも忘れられない、気がつくと思い出す詩があった。

花に水をやりながら

夏がしぼんでしまう前に　もう一度
庭の手入れをしよう
花に水をやろう　花はもう疲れている
花はまもなく枯れる　もしかしたら明日にも。

世界がまたしても狂気になり
大砲がとどろく前に　もう一度
いくつかの美しいものを見て楽しみ
それらに歌を捧げよう。

月子は五歳の夏、終戦間際に大空襲を経験していた。その時の生々しい光景を忘れることができずに年を重ねてきたこともあり、「大砲がとどろく前に　もう一度」なんてイヤ！　と心の中で叫びながら、庭の手入れをすることもあた。

隣家との境にはビワの木と、梅花空木《バイカウツギ》。キンカンの木は庭の片隅に。戦中から戦後まで、食糧不足による餓えを経験した琴は、柿の木や夏みかん、ぶどうか、ほんのわずかでも野菜畑があったら良いのにと思っていたが、言葉にはしなかった。

キンカンは夏に白色の花が咲き、秋の頃に果実を食することができるだけなく、風邪や咳にも効くと知ったときは嬉しかった。同居するようになってからは、果実を楽しんだ後、余ったキンカンの砂糖煮を作るのが琴の仕事になっていた。

また、心筋梗塞、リュウマチ、神経痛に苦しんでいた琴を日常的に救ってくれていたのが、ビワの葉であり、ビワの葉療法だった。

お釈迦様は、「気」で治療をする以前はビワの葉で治療をしていたそうである。日本には仏教の伝来とともに伝えられた治療法とのことで、光明皇后が創設した施療院でも、ビワの葉療法が行われていたとか。

また、江戸時代の中期には僧侶である白隠禅師がビワの葉療法をもって治療につとめたという。当時は結核に倒れる僧侶も多く、白隠禅師の元に集まってくるようになり、現在の静岡県の沼津のあたりを中心として、各地の寺は境内にビワの木を植え、僧たちが庶民の病を治すようになったという。そのためか、ビワの木のあるところに病人が集まると思われ、ビワの木は「縁起が悪い」と噂され忌み嫌われることもあったという。

月子も素人ながらも、ビワの葉療法に関する書物を読みあさり、家族の疲労回復や健康維持などに一役かっていた。

庭に出ていないときはベッドで歴史小説などを読んでいた琴も、神経痛で苦しんでいて、「月子、お願い」と、ビワの葉による手当てを喜び、それは毎晩におよぶこともあった。

琴の晩年を豊かにしてくれていたのも、やはり庭の花々だった。

月子の家では、庭に咲くバラの花それぞれに、家族一人一人の名前がついていた。梅薫る季節に生まれた薫子の花はローズピンクのクイーンエリザベス、黄色のグラハム・トーマスは真夏生まれのカンナの花。濃い赤のクリスチャンディオールは、剣弁のバラが好きな月子の花だった。淡いピンク色の四季咲きバラであるオリンピックトーチは開花が進むにつれて花全体が紅色におおわれていく。その様は聖火台にともった炎が燃え上がったようでもあり、一九六四年開催の東京オリンピックにちなんで発表されたバラだったとか。強健種で初心者でも育てやすいこともあって、このバラは「家族みんなのバラ」だった。

誰のバラでもないバラには、ホワイトローズもあった。

「ホワイトローズはお父さんのバラよ」と言うカンナの提案にたいして、「うーん、そう言われると嬉しいが、庭の世話をする園丁がいなくては」と言う匠だった。

月子は密かに、隣の家との境に咲かせている白色のノイバラを匠の花に、と思っていた。ノイバラは、他のバラの接ぎ台木にも使われるほか、一八世紀のフランスではその実を粉砕し、洗剤や浸出剤に用いていたという。

カンナの花となったグラハム・トーマスは、第二次大戦後の平和を願ってつけられたそうである。その由来を知ってか、その黄色のバラの前に佇む琴の姿を見かけることが多くなった。

野バラは、華やかなバラたちから離れて、和室の前の狭い庭に咲いていた。いつの間にか、このコーナーはローズマリーやレモンバーム、セージなどのハーブ類の場所になっていた。シャクヤク、サフラン、アマドコロ、ナルコユリもあった。

ある時、遊びに来ていた月子の友人が和室前の庭を指して、「ねえ、ここにあるのはほとんどが薬草なのね」と言う。その言葉に、あらためて「そういえば」と驚く月子だった。

「君、知らなかったのか？」

匠は、月子が気づいていなかったことに驚いていた。

「ハーブ類はわかるけど……」

匠が『薬になる植物図鑑』を部屋から持ってきてくれて、ページを繰りながら月子に説明してくれた。

シャクヤクはけいれん、鎮痛に。サフランは更年期障害、生理不順に。アマドコロは滋養、強壮、病後の回復に。ナルコユリは咳、食欲不振、のどの渇きに。フジバカマは『万葉集』で山上憶良に歌われた秋の七草で腎炎、利尿、むくみ、肩こり、神経痛に効くという。いずれも、自分で採れる植物や花たちだった。

「なるほど」と、感じ入る月子を見ていて、琴は昔のことを思い出していた。

琴の母方の実家は江戸時代から続く医家の家系で、かつては梅屋敷と呼ばれていた。その家の、表門から正面玄関へ続く庭や、アヒルもいる小さな池がある台所近くの庭の周辺には薬草が茂っていた。そうした景色を思い出させる、月子たちの家の和室前の庭は、琴の密かなお気に入りだった。

薫子やカンナも、祖母と共にローズマリーの小枝を摘むのを楽しんでいた。熱油に通して揚げたローズマリーはパリパリと香りよく、お客様のもてなしに喜ばれた。琴が同居する頃から、このコーナーはぐっと家庭菜園風になった。そうして、この狭い庭に咲く野バラが、琴の花になった。祖母に教えられて、カンナも薫子もゲーテの野バラの詩が好きだった。

月子の弟である登一家も、琴に会うために時間のやりくりをしては訪ねてきていた。琴は、中年期から初老の頃までは登家族と共に暮らしていた。登も園芸が好きだったが、自宅ではバラの花を愛でるというより、夏みかんやレモン、キンカン、かりんなどを植え、育てていた。

その登が、『薬になる植物図鑑』をめくりながら、どのような植物にどのような効用があるのか読み上げている。

「バラの効用は？」

と、登に聞く月子。

「バラの花が薬用植物だなんて聞いたことないな。ちょっと待って、索引を調べてみるから」

「バラでなかったら、バラの別名のノイバラで調べてみて」

琴も登の手元をのぞき込んでいる。久しぶりの母と息子の姿は絵のようで、月子は写真に撮りたいと思うほどであった。

「あったぞ！　ノイバラ」

登が声をあげ、のぞきこむ月子。

「なるほど。ノイバラは日本に自生するもっとも一般的な野生のバラで、便秘、利尿、むくみ、ニキビや腫れものに効くのだそうだ」

「野バラは薬用植物でもあったのね。知らなかったわ。高校生の頃に、野バラがニキビに効くと知っていたらよかったのに。ねえ、登」

月子は登に笑いかけた。

「高校生の頃の僕に？」

「にきび面だったじゃないの」

「思い出させないでくれよ。思い出したくもない」

色黒でにきびの弟と、色白でやせ型の姉という組み合わせだった子ども時代の二人を思い出したのか、琴も楽しそうに二人の会話を聴いていた。

登家族を交えての夕食後、応接間に席を移しての団欒でも、バラの話が続いた。バラに詳しい匠によると、バラはオールドローズ、モダンローズに分けられているそうである。「ラ・フランス」というバラはモダンローズの扉を開いた歴史的なバラだとのことで、ラ・フランス以前のバラをオールドローズと呼ぶのだという。「ラ・フランス」はフランス原産のバラで、剣弁高芯咲のピンクの花弁が四五枚、幾重にも重なる大輪のバラだという。

「私は野バラが好き。バラの原産をたどれば野バラに行き着くんじゃないかしら」

と言ったのは琴だった。

「ゲーテは詩に、シューベルトは歌に。ですよね、お母さん」

と匠。

「ええ、ゲーテにシューベルト。なつかしいですね」

月子は琴が「野バラが好き」と言い、匠がゲーテやシューベルトの名を挙げてなつかしそうに微笑んでいるのを見て嬉しかった。

琴の言葉に誘われたのだろうか。月子は、少女の頃の夏の行水を思い出した。狭い庭のすみにハマナスの花が咲いていて、その茂みが守ってくれていた行水。

「ねえ、覚えている？　ハマナスの茂みの陰でしていた行水を」

琴はなつかしそうにうなずいた。

「ハマナスはどちらかというと北に咲く花ですよ。行水姿を隠すほどに茂るとは知らなかった」

と、北国育ちの匠が驚いていた。

匠の言葉に驚いた月子は、早速本棚へ。『薬になる植物図鑑』を手に取って戻ってきた。

「花は下痢に、果実は疲労回復などに効くんですって。花の色は、稀に白色のものもあるそうよ。……初夏から夏にかけて、花のつぼみ、あるいは開花しきっていない花を採集し、風通しの良い場所で陰干しにする。あるいは、秋に色づき始めた果実を採集するのだそうよ」

月子は少女の頃、もちろんそのようなことは知らずに、紅色のハマナスの花をスケッチしていたことなどに思いを馳せながら、秋頃から咲く玉すだれの花も思い出した。

「お母さん、覚えている？　玉すだれの花」

「玉すだれの花……ね。ええ」

琴も懐かしそうだった。

月子はハマナスの花、玉すだれの花をこの家の庭にもと思ったが、これ以上、どこに植えたら良いのだろうかと思い、言葉にするのをやめた。気がつくと匠がシューベルトの歌を口ずさんでいる。

子どもたちに気づかれないよう、ため息をついたのは琴だった。

琴は、貧しいながらも月子たちが遊ぶのを眺めながら過ごしたことや、レンゲの花咲く野原や紅葉していく秋の山々をスケッチしたことなどを思い出しながら、病に倒れて体が不自由になってからの現在の生活を思った。

月子や孫たちに付き添われての温泉旅行や日帰りドライブ、あるいは美術館やサロンで過ごす日々は幸せであった。

また、老い方についても、琴には「老幹」のようになりたいという思いがあった。

年を重ねた木、古木のようでありたいと思うとき、琴は本郷新記念札幌彫刻美術館の庭園に立つ「わだつみの声」像という彫刻作品をイメージしていた。本郷新は、この「わだつみの声」像について「平和への願いを込めた」「反戦、平和の象徴として、この像をみてもらえれば」と語っている。

琴は一時期、月子の仕事にあわせて札幌に住んでいた。美術館の庭にある「わだつみの声」像を眺めるたびに、彫刻家である本郷新の思いに、自身の平和への思いを重ね、自分もこのような老幹、古木のようであれば……と思うのだった。

一方、今日まで徒然なるままに綴ってきた琴自身のノート類や、夫の将之が残した原稿用紙などだけはきちんと整理しておきたい、それだけの体力が自分に残っているだろうかと、不安な気持ちになっている時であった。

琴は、亡き夫の気配を感じた。

半ば無意識に、亡き夫、将之がノートや原稿用紙に残した句の幾つかを呟く、琴。

霧はれて　アネモネの花は空の下
朝白く　バラに憂いをみられたる
氷雨きぬ　かの日ドレスの朱が匂ひ

アネモネの花にバラの花ね、と胸のうちで吟じていると、

「ありがとう。覚えていてくれたんだね。ぼくの句を」

と声がするではないか。振り返ると、亡き夫が立っていた。

「残された句や詩は、あなたの分身ですもの。大空襲の火の中でも、私、あなたのノートや原稿用紙だけは肌身離さずに……。七〇年以上もたっているので、黄ばんで、文字も薄くなってしまったけれど……。あなたに会えて嬉しい。あなたにお会いできるなんて」

「僕も嬉しい」

「今まで、何処にいらしたの？」

「彼方に」

「彼方に……。遠い彼方の世界ですね。子どもたちもこんなに大きくなって、大人に……」

「……」

琴は話し続けたが、夫の気配は次第に消えていった。

「お母さん。お母さん、大丈夫？」と問う月子の声で、琴は現実に戻った。

「お母さん、私の声が聴こえている？　月子よ」

「ここは、此処よね……？」

「カンナよ。私の声、わかる？」

「カンナ？　月子？　ええ、もちろんよ」

月子やカンナに、亡き夫が幻のように現れて去っていったなどと話したところで、信じてくれるとは思えなかった。それでも余韻に浸っていた琴は、娘や孫たちに不自然に思われぬよう気を付けながら、目を閉じた。そうすると、宇宙のどこか彼方から、「僕はいつも君と一緒だよ」、「いつまでも、いつまでも……」という声がかすかに聴こえてきた。琴も、「私もいずれ彼方の世界、あなたのいる世界に……」と呟いた。

五　黒いナース

琴が腸閉塞で緊急入院となったのは、バラ園の散策からしばらく経った頃であった。持病である狭心症の症状も併発していて、知らせを受けて、月子とカンナが駆けつけた時には、重症患者用の個室で処置を受けていた。通い慣れた都心の病院には間に合わなかった。

完全看護ではあったが、消灯時間前までの付き添いを、弟家族を含めて分担した。状態によっては終日深夜まで付き添うこともあった。付き添い用のベッドでの寝泊まりは、主として月子が務め、ベッド脇で仕事をするなど、緊張と多忙の日々が続いた。

月子が付き添っていたある日、匠が黄色いバラを持ってきてくれた。確か今、我が家の庭には黄色いグラハム・トーマスは咲いていなかったはず。フラワーショップで探してくれたのだろう。琴も嬉しそうだ。

「黄色のバラね。ああ、名前が思い出せないなんて。平和を象徴するバラなのに」

「グラハム・トーマスですよ。お母さん」

「そうだった、グラハム・トーマス。平和のバラ。……ああ、退院して庭に出られたら」

と呟きながら、琴は黄色のバラに見入っていた。

「バラたちも待っていますよ。庭での、お茶も」

「ハーブティー、ね」

月子は二人の会話を聞きながら、自然な二人の会話に「ああよかった」と思うのだった。そして、「ああ、バラの花さん、母を護ってください。励ましてください」と祈るような思いで、琴の視線が届く窓辺に花びんを置いた。

庭のバラたちを思い出しているのだろうか。琴は花びんのバラをじっと眺めていた。カンナのバラであるグラハム・トーマスを見つめながら、孫たちのことを思っているのかもしれないし、また昔の幻影を見ているのかもしれなかった。

琴はそのうち眠ってしまった。息づかいはゆったりしているが、時折、まぶたがピクピクと動く。

「まぶたがピクピクしているわ。夢を見ているのかもしれない」

「うん。君も疲れているようだね」

と匠。

「ええ、少し。今夜も私が泊まる番。よろしくね」

このような日々が続き、しばらくして症状も落ち着き、琴は個室から大部屋に移ることができたのだった。

ところがそこは、琴が長年通院・入院で世話になっていた病院の大部屋とは違い、各人のベッドと

ベッドとの間を仕切るカーテンがなかった。月子は、これではプライバシーはおろか、安静、安眠を守ることもできない、病人への最低限の配慮が欠けている、と思った。

病人を、魚市場に並ぶ魚のように並べる利点といえば、医師が一部屋、一部屋のドアを開け閉めしたり、一人、一人を巡回したりする手間を省けることだろうか。それとも、看護の手間を省けることだろうか。「省く」とは、「削り捨てる」の意味でもある。月子は、母は削り捨てられたのだ、と思った。

患者にとって、医師や看護者は他者である。たとえ医師や看護者であっても、胸部を、腹部を、臀部を、見せるのは恥ずかしいものだ。患者は病が治ることを願って、その恥ずかしさに耐えている。それをどの程度わかっているのだろうか。

患者のその時、その時の様子を見つつ、緊急時に対応できる看護があってこそ、患者は安心して身を任せることができるのではないか。それでこそ、患者自身も自己治癒力を高めることができるのではないか。仕切りカーテンは、それらを保障しているのである。

琴は四人部屋に入れられたうちの一人だったが、運の悪いことに、同室の一人には意味不明の言動が見受けられた。一日中、ブツブツと独り言を言っていて、機嫌の悪い時などは、見境なく同室の患者を睨みつける大柄の老女であった。彼女のいびきといったら、ひどいものだった。もう一人は中年の静かな女性だったが、彼女はそうしたわめきや叫び、大いびきを、耳栓で防いでいるようだった。

琴のベッドは窓側にあったので、窓の外を見ることで大騒ぎのつらさを紛らわせているようだった。

「耐えがたきを耐え」という表現があるが、琴はまさに、耐えがたきを耐えていた。せめて、仕切りカーテンがあれば、自分なりの空間と時間を過ごせたのではないか。月子は、部屋を替えてもらえないか、それがダメだったら、大部屋に移れる程度には良くなっているのだから、退院して通院に切り替えてもらえないだろうかと思い、悩んでいた。

それだけに、琴は車椅子での散歩を楽しみにしていた。

その日も、樹林の光陰や土の匂いを満喫するのを、琴は心待ちにしていたが、気温が低く外の散歩は無理だった。院内の散歩に切り替えて、月子と二人、ロビーの窓際で過ごした時だった。

「退院できるのはいつかしら?」

「もうしばらくしたら、退院できるはずよ」

「みんなと一緒に……ハーブティーを飲みたい」

月子も同じ思いだった。

「ハーブも摘みたい」

「私もお母さんと一緒に摘みたいわ」

「ハーブを摘んで、ハーブティーにして……。ああ、そうしたい」

「私も」

このような会話をした、数日後のことだった。

琴は微熱があって、氷枕をあてがわれた。後で知ったのだが、その氷枕の留め金がゆるんでいたのだ。琴は留め金のゆるみを直してもらおうと、何度もナースコールをした。ところが、「コールしたのは私です。こちらです」という琴の訴えは、痴呆の老女によるわめき声にかき消されてしまった。

「氷枕の留め金がゆるんでいて」

再びの訴えも、わめき声にはかなわない。ベッドの中年女性も、大いびきをかいていたとか。わめき声に、大いびきである。熱があり、声を出すのもままならないほどに弱っていた琴は、騒ぎがおさまるのを待つしかなかった。ところがナースは、騒ぎが静まったところで部屋を出て行ってしまったのだ。琴はもう一度、ナースコールを押したが、再びやってきたナースを見た老女が、またも騒ぎ出してしまった。

その夜、枕から肩まで水浸しになった琴は、翌朝には高熱をだして肺炎になった。状態はかなり深刻で、琴は二度目の個室患者となったのだった。

月子に「今夜はいつもの夜ではない。今夜は危ない。タクシーが月子を救う」「タクシーでおかえり」と警告したその琴が、此方と彼方の「間」にあって、いつ彼岸の人となってしまうかわからないほどの状態になってしまった。

月子は、入院中の患者の生死は医師と看護師が握っているのだという、そのありがたさと恐ろしさを実感したのだった。

ナースコールの際に駆け付けたナースは、なぜ他の患者に目を配ることができなかったのか。

仕切りカーテンもない大部屋である。「目を配る」あるいは「一瞬の立ち止まり」があったなら、琴は氷枕の水もれについてそれなりの訴えができたはずである。たとえ、痴呆の老女への対応に忙殺されていたとしても、四床の病室であり、残り三つのベッドが視野に入らないはずがない。それができなかったのは、どういうことなのか。なぜ、不幸が重なって死に神が近づいてきてしまったのか……。月子は幾度となく、なぜ？　なぜ？　と自問するのだった。

氷枕の留め金がゆるんでいなかったなら。ナースコールを見過ごされることがなかったなら。そう思うたびに、あのナースは黒いナースだったのだ、と思うのだった。

六　丘の上の花嫁

そのような看病が続く日々の昼下がりのことであった。その日は義妹の当番日でもあり、久しぶりに家に居た月子は、仕事と病院との行き来などで疲れていたのか、バラを描く画家であるルドゥテの本を枕辺において、ページをめくっているうちに眠ってしまった。

夢の中で月子は、見舞客にもらったバラの花束を抱いている母、琴の車椅子を押しながら、病院内の裏庭を散歩していた。

病院の裏庭の最奥には欅とヒマラヤ杉、松の木の老木群がひときわ高く立っていた。手前にはそれなりに広い空き地がある。空き地のへりに咲いていた玉すだれの白い花はすでに枯れていて、季節は晩秋から初冬へ移ろうとしていた。

「玉すだれの花が有毒だって知っていた？　昔、うちの狭い庭にも咲いていたわよね。好きな花だったのに有毒だったなんて、知った時はショックだったわ」

「……」

「もう秋も終わりよ。小菊が咲いているわよ」

「……」

琴は、応える体力もなくなっているのか、無言であった。

「久しぶりに小菊の咲いているところに行ってみない？」

「家に帰りたい」

しばらくの間があって、琴から返事が返ってきた。

「もう少しで、退院できるはずよ」

「この病院、好きになれない」

「私も。退院したらいつもの病院に、ね」

「このまま、家に帰りたい。この病院はダメ」

「退院について、先生に相談してみるわね」

「退院したらどこへ？」

「いつもの病院に。それから家に、ね」

「その日まで……。そうね」と呟くような返事の後、琴は「ああ、いや。この病院」と、月子の手を握ってきた。

「もう少しのガマンよ」

月子は手を握り返しながら、このまま家に連れて帰ってしまいたいと思った。どうして大部屋に移された時、退院、通院を申し出て家に連れて帰らなかったのか。月子は自身を責めていた。

「ずっと、そばにいてちょうだい」

「ええ。ずっと、そばにいるから大丈夫よ」

「この病院はいや、嫌い」

「私も嫌い、嫌いだわ」

月子は花壇のあるところまで車椅子を押した。どことなく、京成バラ園の、あの小道に似ていた。

「久しぶりの散歩ね。また京成バラ園に行きましょうね」

と、月子は声をかけた。

「……」

無言と無音に不安を感じた月子が車椅子を覗いてみると、そこに琴の姿はなかった。残されていたのは、琴が抱えていたはずの紅バラの花束だった。ところが、その紅バラが白く変わりはじめたかと思うと、紅いバラは一本だけになってしまった。

小道に白いバラ、一本だけ残った紅いバラ。

「白くなってはダメ!」「必ず家に戻れるようになるんだから。がんばって!」「白くなってはダメよ！」

そう叫ぶ、月子自身の声で目が覚めた。夢か現実かを考える暇もなく、支度もそこそこに、月子は病院へと向かった。声をかけたのかどうかさえも定かではないが、気が付くと、怯えた瞳のカンナが運転席の隣に座っていた。

琴は無事であったが、点滴を打つ際に大暴れしたとのことだった。

以来、点滴時の大暴れは、家族の付き添いのないときに限って起きるようになった。月子は、針を刺される感覚が、二度の逮捕による拷問時の恐怖をフラッシュバックさせたのではないか、と思った。

拷問の内容について直接聞いたことはなかったが、琴と同じ時期に逮捕されたという琴の古い友人から「畳針で生爪や腿をブスブス刺された」「座った股根の上を軍靴でグリグリやられた」と聞いたことがあった。女性にとって、聞くに耐え難い内容であった。

月子には、拷問の話でもう一つ思い出すことがあった。

月子が学生時代の恩師を囲んでの同窓会の帰り道、恩師と肩を並べて歩いていたときだった。

話の中で、月子は自分の母親が娘時代に逮捕されたことや、人には語れないような女性特有の拷問を受けたことがあるらしいと話した。

その時、月子の話を聞いていた恩師が突然立ち止まった。そして、見習い将校として配属されていた当時の話をしてくれたのだった。終戦間際の頃は食べ物も不足していて、罠に仕掛けたネズミを食べることもあったという。

「見習い将校も、ですか？」

「最後は……、ね」

恩師には恩師の体験と思いがあったにちがいない。月子は、その時の恩師の無言のうなずきと、慈愛に満ちた眼差しも忘れられなかった。その表情を思い出す度に、戦争が終わっても、その体験は人々の記憶の中に生きていて、今という時代をどのように生きるのかを問う源になっているのだと思うのだった。

後日、その時に一緒に歩いていた友人から分厚い封書が届いた。中身は、拷問を経験したという二人の女性の抜き書きであった。月子は友人がそのようなことに関心があったことに驚くとともに、そこに記された内容に衝撃を受けた。

中本たか子さんの証言（山口県角島出身のプロレタリア作家）

わたしを真っ裸にして、布切れ一枚つけないままで、綱で、わたしを後ろ手に結わえ上げ、足を縛って、青木警部は部屋の隅に置いてあった箒を持ってきて、その箒の柄をわたしの股間の奥につっこんだ。わたしは股間を閉じて必死に抵抗したので、箒の柄が入らない。そこで、今度は、わたしの上に馬乗りになって、両手で、わたしの首を絞めた。わたしは意識を失った。しばらくして、意識を取り戻すと、特高どもはわたしの身体を起こして正座させ、風呂敷に包んだ鉄棒を持ってきて、股間を小突き始めた。みるみるうちに、わたしの太ももは赤くなり、はてはどす黒くなって腫れ上がった。特高どもは、痛さに泣き叫ぶわたしを面白そうに眺め、三人でかわるがわる三時間ぐらい股間を小突き続けた。わたしは立ち上がることも、歩くこともできなかった。わたしは食欲はもとより、湯も水ものどを通らなくなり、寝込んだまま日に日に衰弱していった。

浅沼雪香さんの証言

わたしは特高が拷問を始めると、痛い、痛いと叫んだ。その声が警察の外の通行人に聞こえるので、わたしを地下室に連れて行って、椅子に縛り付けられた。わたしは裸の身体を四、五人の特高と検事がしげしげと見たあと、浅沼女史、なかなかきれいな餅肌じゃないか。おっぱいもふっくらとして、おいしそうじゃないか。と言って、わたしの体中を触り始めた。わたしは身動き一つ出来ない、けだもの。やめろ。とわたしは叫ぶだけ。

特高はにやにや笑って、今度は、わたしの股間に手を入れる。それを楽しむように繰り返す。柔らかい肌だな。どうだ、感じるか、などといって、辱めの拷問でした。わたしは、けだもの、やめろと大声で叫ぶが、特高は面白半分に性器に手を入れ、また恥毛を引っ張る。たばこの火を押し付ける。大声をあげて抵抗するが、恐怖と怒りでのどは渇き、声も出なかった。

読むにも聞くにもつらい、女性ゆえの辱めを含む酷い拷問内容だった。浅沼雪香さんは、一六年間に一八回も検挙されたという。読み終わった月子はしばらくの間、目を閉じたままでいた。

琴が中本たか子さん、浅沼雪香さんという二人の女性について知っていたのかどうか、知る由もないが、母も二人の女性が受けた拷問に近い、否、同様の拷問を受けたに違いなかった。語るということは再体験することであり、まして娘に話せるはずがないと、あらためて思う月子であった。

月子は、病床の母を思った。血管に血液が流れているのかどうかさえ疑われるほどにやせ衰えてしまった肉体。ようやく注射針が入っても、血管が逃げてしまう。結果、注射針はブスブスと何度も腕や足を指すことになる。家族のいない中での、医師や看護師に囲まれての痛々しいくり返しに、琴が恐怖を抱いたとしても不思議ではない。

そう気づいた月子は、遅い夕食がすんで、ソファのある部屋に移った時に、匠と娘たちにその話をした。

「そうかもしれない。つらすぎるが……」と、匠。カンナは泣き出しそうなのをこらえているようであった。駆けつけてきていた薫子も「今夜の泊まり番は誰？　明日は私が」とふるえ声だった。

それから数日後、月子とカンナが病院に立ち寄ると、点滴の最中とのことだった。病室で待っていると、家族の誰でも良いから側にいてほしいと、医師からの伝言が届いた。月子とカンナは、すぐに処置室に向かった。点滴は、月子が体に身を寄せ、カンナがもう片方の手を握った状態で、成功した。琴は、

「人体実験をされるところだったけど、断固たたかったんだよ」

とささやいた。

「よく頑張ったわね」

月子もささやき返した。

「お腹が空いて、喉も渇いている。結核菌を飲まされるかもしれないから、つらいけど何も飲んでいない」

「もう大丈夫よ。点滴が終わったら、お水もね」

病室に戻った後、月子は吸い飲みから琴に水を含ませた。琴の口の中は、乾燥して白くなっていた。

琴はしばらくして、再び聡明な人に戻り、カンナや薫子への心配りも見せるようになった。しかし月子は、フラッシュバックによる琴の体力の消耗が心配だった。実際、琴の声は徐々に細くなり、息づかいも耳をすませなければ聞こえないほどになっていった。

それでも琴は我慢強いだけでなく、美意識も高かったが、次第に食も細くなり、数日後には息を引き取ったのだった。

月子が琴のベッド脇で、遅れ気味の原稿を書いていた時だった。母、琴の手が何かを知らせるように動いているのが目の端に見えた。何か話そうとしているようだった。孫たちの名前を呼ぼうとしているのだと直感した月子はその手をそっと握り、顔を近づけた。口元に耳を寄せる月子に聞き取れたのは「カンナ」だった。

「カンナ、ね」

「カンナ……」

ホッとしたように琴がささやいた。

「か……」

次に、薫子の名前を言おうとしているようだった。

月子の「薫子ね」に、かすかにうなずく。生命の灯火は尽きようとしているのか、孫たちの名前を呼ぼうとしているようだった。

「み……」

「みず希、ね」

「あ……」

「梓、ね」

その後は、「み……」と言ったようだった。「みんな」の「み」かもしれないと察した月子は、母に顔を近づけ、ささやいた。

「皆にありがとう、なのね」

「あ……」

琴はうなずいたように見えた。そして、視線を左斜め上にやって、息をひきとったのだった。駆けつけた医師曰く、「臨終に付き合えるご家族は稀です」とのことだった。

月子は後に、琴が息絶えていく直前の「あ……」を思い出すたびに、「彼方……でね。彼方の世界で待っているから、また会いましょうね」と言いたかったのではないかと思うのだった。そして、フラッシュバックに苦しむ母は、残っていた体力を生き抜くために使い切り、逆説的ではあるが、生きるために死を選んだのだ、と。琴の死に方は、拷問時から約束されていたのだと思う月子だった。

退院の話題まで出ていたのに、母は亡くなってしまった。

月子は、琴の部屋に遺体で戻ってきた母の冷たい顔に頬を寄せて、「なぜ、こんなに早く死んでしまったの?」と問うていた。

そして、ナースコールのことを思い出した。気丈だった母、琴である。通常なら、二度、三度とナースボタンを押すはずなのに、それができなかったのだ。それほどに体力消耗していたのだ。死が忍び寄るとはそういうことなのだと思った。

また、高熱に苦しみながら、「ここは悪い病院、よくないところ」と闇をさしていた琴を思い出した。琴はなぜあの病院を嫌がり、主治医を拒んだのか。母は、生と死の境界域にあって、死への道行が見えていたのかもしれなかった。

死と生の境界域といえば、琴が「彼方の世界」に移った後、不思議なことがあった。

四十九日までの諸々も終わり、琴の故郷の地での二つの「偲ぶ会」のうち、一つ目が終わった夜だった。月子は滞在していたホテルでうとうとしていた。

琴との最後のお出かけとなった京成バラ園の「散策の森」に続くあの小道に似た景色が現れた。

「夢を見ているんだわ」と半ば意識しながら、月子は散策の森への道から逸れて、曲がりくねった山道に沿って登っていった。するとそこには、周囲を一望できる丘があった。丘には、棺が置かれている。「母のお棺？」と思って立ち止まると、真っ白なイブニングドレス姿で横たわっている琴の姿があった。月子は、「ああ、丘の上の花嫁だわ」と思った。

花嫁を包む陽の光も、京成バラ園での晩秋の陽の光のそれに似ていた。花嫁姿の琴は、昔見たアルバムの中で微笑んでいた頃のように若々しかった。月子は花嫁姿の母を見つめながらひざまずき、「お母さん、素敵よ」と話しかけ、母が無事に昇天できますようにと祈っていた。

不思議なことは続いた。

琴の女学校時代の旧友たちが集まった「偲ぶ会」の翌朝、正確には暁の頃であった。月子はもう一つ夢を見たのだ。

ベッドから起き上がった月子の前に、ドレッシーなワンピース姿の琴が微笑んでいた。懐かしさ、嬉しさ、喜びを超える感情でいっぱいになった月子の「お母さん」のささやき声に、琴はうなずいた。琴の眼差しが、月子を何色もの光の色が織りなす彼方へと誘った。琴は最後に、言葉では表すことのできない微笑みをたたえて月子を見つめ、そして、去っていった。

目が覚めた月子は、幸福感に包まれて泣いていた。

月子は、カンナ、薫子、梓、みず希たちに、夢に現れた琴の姿を伝えようと思った。すぐに手帳を取り出して、その時の雰囲気、月子自身の感じたことをメモした。どのような姿で現れたのかを図に描き、文字にした。母がどこかから、その図と文字を見入っているような気さえして、懐かしさがこみ上げる月子であった。

第二章

琴の生きた道

一　恋する乙女

琴が亡くなってから、二〇年近い年月が過ぎていた。

月子が、亡き母を想って、氷雨降る窓の外を眺めるともなく眺めていた時であった。

「月子」

と母の声がしたような、肩に手をそえられたような気配があった。そっと振り返ると、若かった頃の母が立っており、横には父もいた。

「お母さん？　お父さん？」

微笑む二人。ああ、母だけでなく父も会いに来てくれたのだと思い、涙がこみあげてくる。

そのような月子に、母、琴が「こちらにいらっしゃい」と手招きを。

気が付くと、月子は田舎屋風の家の庭に立っていた。遠くには雪をかぶった富士の山が、目を移すと箱根連山が見えた。耳をすますと川のせせらぎも聞こえてくる。ああ、祖母の家だと思った途端、また情景が変わった。

右手に三つ峠山をみながら、忍野の湯けむりに体を休め、さざ波たつ湖を横に見ながら、富士の山を越え、遥か遠くにかすむ海原を感じながらたどりついた鎮守の森。月子が戻ったのは、戦国時代の前後であるようだった。

そう思った途端、再び時空が交差したのだろうか。月子は自分が誰であるのかわからなくなっていた。私の名前は月子というの？　月子の前はなんという名前だったの？

ああ、思い出せない……と諦めかけた時だった。

「そうよ。あなたは月子、私の娘」

と、彼方からの母の声がした。

「お父さんは？　お父さんの名前も昔々から将之だったの？　将之の名前しか思い出せない」

「そうよ。昔々の甲斐の頃からよ」

甲斐の頃といえば、父の祖先は武田家が滅ぶにあたって駿河へ落ち延びてきたのだと、祖母から伝え聞いたことがある。祖母の話を思い出そうとしているうちに、月子はまたも時代をまたいでいた。

月子はふたたび、田舎屋風の家の庭にいた。昭和時代に戻ったのだ。父方祖母の家は、広めの納戸も含めて、四部屋だけの平屋であった。玄関を入るとそのまま土間に続く。土間は広いが、台所と一緒であった。湯殿とトイレは、庭へと続く屋根裏付きの物置の一隅にあった。

庭の先の小道の向こうには鎮守の森があり、狭い小道ゆえ、鎮守の森とは地続きのようにも見え、鎮守の森に守られている家、という感じであった。

森とは反対側の隣家は、見るからに格式高い洋館で、庭も広々としていて、両家の境は低い樹木群になっていた。

格式高い洋館に隣り合った田舎風の家屋。両家はいつの時代から隣り合っていたのだろうか。月子がそのようなことを考えていると、どこからか「何を考えている?」という父の声と、「どうしたの?」と問う母の声が聞こえてきた。月子は「わからない。わからないの」と、呟いていた。月子が自身の呟きに身を沈めているうちに、父と母の気配は彼方へと去り、また情景が変わり、月子は一人、山道を歩いていた。

山を越え、松の並木をくだって、月子は小さな城の前にたどりついた。富士の山と鎮守の森の景色ではなく、物見櫓の石垣と、小さな城。

「いつの時代?」と思っているうちに、月子は「今」にもどっていた。

それにしても、なぜ祖母の家を訪れる度に父と母を中心に時代が交差し、記憶が混じり合ってしまうのか。混乱を落ち着かせるためにも、両親がどのように出会い、どのように生きたのか、あらためて振り返る必要があると感じる月子だった。

大正四年生まれの母、琴は、女学校を卒業した頃から、両親に「姉のナフタリン役になりなさい」と言われて、姉のお供役として、その頃では珍しかった文学の集まりにも顔を出していた。

日常生活における琴は神経質で、よほどでない限り女学校のトイレは使わず、外出時にはハンドバックにナイフやフォーク類をしのばせていた。

琴は三歳の頃からピアノや能を習わされていたが、能はいつのまにか忘れていて、ピアノは時折楽しむ程度になっていた。琴が女学校時代には習いごとよりも熱中したのは、テニスだった。名アタッカーと言われる程であった。

女学校を卒業する頃には、生まれ育った「お家」は傾きつつあったとはいえ、テニスだけでなく、その頃では珍しかったミニゴルフも楽しんでいた。

琴の新進文化への関心は、その頃から強くなっていた。当時では珍しかった映画を観るようになり、隣町の映画館で上映される映画は全て観ていた。また、折あるごとに東京の松濤町の叔父宅に滞在し、映画館街の一つである新橋演舞場などの界隈でも、映画や芝居を観ていた。

大正末期から昭和初期の映画は、サイレント映画の成熟期であるとともに、音声を伴うトーキー映画への移行期でもあり、当時の日本はアメリカに次ぐ映画制作国であった。

琴が楽しんだ映画は、原節子主演の『生命の冠』、高峰秀子の四歳の時のデビュー作の『母』、森光子が準主役の『怪猫謎の三味線』、オール・トーキーの映画では、『マダムと女房』、『花嫁の寝言』、『巴里の屋根の下』、『ほろよひ人生』、『妻よ　薔薇のように』などであった。

そのような琴であったから、姉やその友人らが詩や俳句、小説、あるいは自身の習作を発表し、感想を述べ合う場に陪席するのは楽しかった。気がつくと、胸の内だけではあったが、琴自身も詩や俳句をつくり、映画のシナリオを考えていることもあった。

その頃は各地に文学や演劇サークルがあって、琴も姉の瑛子から、いずれかのサークルに顔を出してみたらどうかと勧められていた。稀ではあったが、姉たちの集まりには歌人の与謝野晶子氏が訪れることもあり、彼女にも同じように勧められたのだった。

琴は、姉のナフタリン役としてではなく、私自身が文学や演劇サークルの参加者の一人に？　と思うと、戸惑いもあったが嬉しかった。

歌人であり作家でもある与謝野晶子氏には、密かな関心をよせていた琴である。心の中では「氏」ではなく、そっと「さん」を付けて呼んでいた彼女の勧めに背中を押されて、「文学の集まりに出かけてみよう」と思った。

与謝野氏との会話を聞いていた友人に紹介されて向かった家は、静岡駅から汽車で約一時間、駅から歩いて三〇分弱の場所にあった。その玄関の戸を開けてくれたのが、後に夫となる浴衣姿の将之だった。

参加していたほとんどがインテリ層の青年たちであり、女性が一人もいないのには戸惑ったが、琴は気がつくと、玄関で迎え出てくれた若い男性の発言に心魅かれつつ、皆の話に聞き入っていた。

集まっている人たちの多くが、文学だけでなく、演劇、映画にも関心があるらしかった。話題も多様で、全国津々浦々を襲った不況についても話題になった。琴は農民や工場労働者についての知識はなかったが、「知らないことばかりだけど、ここに来れてよかった」と思った。

会が休憩に入ったときだった。

玄関で迎えてくれた若い男性、将之が挨拶に来た。

「私は中座しますが、ぜひ、次回もお出でください」

「こちらこそ、次回もお伺いしたく、よろしくお願いします」

と返事をして、琴は背丈のある青年の後ろ姿を見送った。

それからしばらくして、会の解散時だった。玄関を出たところに、青年、将之が立っていて、「駅までご一緒しましょうか」と同道してくれた。琴は駅までの道すがら、緊張しながらも、心は浮き立っていた。

駅までの道のりを、神社の杜を横に見ながら駅近くまで来た時であった。

「冷たい飲み物でも、いかがですか」

と、将之が洋食店の前で立ち止まった。

「ええ、はい」

琴は「私もそれを願っていたのだわ」と嬉しく、二つ返事で店内に入った。

洋食店の隣の、コーヒー豆をていねいにひいて出す「純喫茶」にも魅かれるものがあったが、空腹気味だった琴には、洋食店がありがたかった。メニューはミルクセーキ、レモネード、プリン、ハンバーグ、赤いケチャップにトンカツソースを混ぜたオムライス、カレーなど豊富だった。

「私はレモネードを」

「僕もレモネードを。そして、プリンを二つ」

将之は琴に同意を求めるように「空腹気味ですので」と微笑んだ。琴も「プリンの一つは私のだわ」と微笑み返し、緊張の解けている自身に驚いた。

「レモネードがお好きなんですね」

メニューの横に書かれた説明文には、レモネードは幕末の黒船来航の際に持ち込まれた清涼飲料水で、日本人と清涼飲料水の出会いであると記されていた。

こうして、「文学の集まり」の帰路は、将之とのレモネードが定番となり、二人は、互いの理解を深め合うのだった。

ある日の「文学の集まり」後の洋食店。将之に趣味を問われた琴は、

「映画にピアノ、テニスかしら」

と答えた。

「映画に、ピアノに、テニスですか」

「ええ。三歳の頃から、能とピアノは習わされていましたが、能はいつのまにかやめてしまって。テニスは女学校からですが」

「ピアノは三歳から続けていたのですね」

「ええ。ピアノは気が向いた時に弾くだけで。映画を観るのが好きになって」

「映画はどこで？　質問ばかりして許してください。映画館といえば、もしかして……」

「東京で、です」

琴は驚いている将之の表情を見て、心の中で呟いていた。私の住む旧い町には、芝居小屋はあっても、映画館などないんですもの。

「どのような映画を？」

と、将之に問われて、琴はにっこりした。

「いろいろ見ていますけど、最近で言えば『母』、あとは『生命の冠』でしょうか。『生命の冠』というタイトルは黙示録からきているとか」

「黙示録ですか、キリスト教の」

「ええ」

映画『生命の冠』は、北海道のカニ缶の缶詰工場を営む兄弟の物語であった。缶詰工場は外貨獲得の花形産業であったが、その年は例年になく寒い年で、寒気と流氷に災いされて不漁が続き、工場は経営の危機に瀕していた。打開策をめぐり衝突を繰り返しながらも、困難を乗り越えるべく兄と弟が力をあわせていくというストーリーであった。原作は山本有三であり、後に大女優となる原節子が、妹役として出演していた。

『母』の方は、夫に死なれた後、二人の子どもを抱えて苦労する母親の物語であった。主役の母親役は川田芳子で、六〇人の応募者から選ばれたという子役の高峰秀子は当時五歳であった。『母』で人気者となり、以降天才子役としての彼女を中心に続編が作られるほどの大ヒットとなった。

その他、琴は『怪猫謎の三味線』もお気に入りの映画であった。後に女優、歌手、司会者などとして活躍する鈴木光子が主演だった。

将之は、自分自身では「映画好き」とは言わなかったが、『怪猫謎の三味線』だけでなく、『母』も観ていて、女優の川田芳子の名前も、子役の高峰秀子の名前も知っていた。

琴は映画について話ができる将之に出会えて嬉しかった。

将之に「印象深かった映画は?」と問われた琴は、先に挙げた映画以外にトーキー映画として最初に登場した『マダムと女房』や、内田吐夢の『土』、『阿部一族』などを挙げた。

「『マダムと女房』、僕も観ていますよ。本格的なトーキー作品ですよね。確か、五所平之助が監督のコメディで……。主人公の劇作家が脚本を書くために、静かな環境を探すうちに画家と言い合いになって、飛び出した道で、お風呂から出てきたマダムにぶつかってしまう……そんなストーリーでしたね」

「ええ」

琴はうなずきながら、「しっかりと映画を観ているんだわ。この人」と思った。

将之も、なんのてらいもなく、琴と映画の話ができるのが嬉しかった。将之はコーヒーカップをテーブルに置いて、『マダムと女房』について話し続けた。

「そのマダムは、劇作家と画家の言い合いを仲裁するんですよね。結局、劇作家は無事転居するんですが、隣の家のジャズの演奏がうるさくて仕事に集中できなくて、またも怒鳴り込む。ところが、ジャズを演奏していた女性は、画家との言い争いを止めにはいってくれたマダムだった。そのような経緯もあってか劇作家はマダムに惚れこみ、マダムが演奏した『ブロードウェイ・メロディ』を口ずさみながら帰宅する。劇作家の女房はそのような夫を小馬鹿にしながらも、新しいドレスを買ってもらおうとする」

「ええ」

「なんというか、ジャズバンドって、いいですね。あの映画を観て、僕はすっかりジャズのファンになってしまいました」

「私もジャズを初めて聴きましたが、ジャズのファンになってしまいますよね。あの映画を観た人は」

『マダムと女房』は、オール・トーキーに応えた技術もさることながら、音響の工夫の巧みさも評価されていた。音はドラマの中へ緊密に組み込まれて処理されているためにセリフが聞き取りにくいところもあったが、会話の口調は自然であり、劇中に使用される音楽も印象的であった。

「それぞれの役についてはいかがですか」

問われた琴は、どのように話したら良いのか、悩みつつも、難しく答えようとしないで、感じたことを言葉にすればいいんだわ、と思うのだった。

「私、ジャズを聴いたのは初めてですので、まず、ジャズシンガー役の市原美津子に魅かれました。それに、画家役の横尾泥海男にも……」

と答えた。将之は、楽しそうにうなずいている。

「『マダムと女房』の映画以外に、心に残った映画はありますか?」

「そうですね、あげるとすれば……」

琴はいつまでも心に残って忘れられない映画として、田中絹代、上原謙、水戸光子らが出演する『愛染かつら』をあげた。

『愛染かつら』が上映されて間もない頃、琴は運良く松濤の叔父宅に滞在して、観ることができたのだった。夕食後のだんらん時に、琴が『愛染かつら』についての感想を述べるのに、叔父や叔母が耳を傾けてくれていた様子を思い浮かべながら、将之に感想について話した。

『愛染かつら』は、病院院長の息子浩三と、その病院の看護婦であるかつ枝が主役の物語であった。浩三は、博士号授与式祝賀会の席上で、浩三のピアノ伴奏で歌を歌ったかつ枝の面影を忘れることができず、求婚する。しかし、かつ枝はすでに親の反対を押し切って身分の違う相手と結婚しており、その上夫に先立たれ、一人で六歳の女の子を育てていたのだった。

浩三の申し出を断ったかつ枝は、苦難のなか一人子育てに奮闘する。二人の間に一度は距離が生まれるものの、浩三はある日の新聞で、「白衣の天使よりレコード歌手へ」という見出しで、かつ枝が自作の歌の発表会を歌舞伎座で行うことを知る。紆余曲折を経て、かつ枝が出演を果たし戻ってくると、かつて二人が愛を誓い合った藍染堂の前に浩三が待っている……というストーリーであった。

「映画を観ての宿は? 東京のどこに?」

「松濤の叔父宅に」

琴は、フランスに滞在していたこともある叔父家族の、おおらかな雰囲気が好きだった。叔父宅では自然体でいることができ、お寝坊や、ベッドでの紅茶も許されていた。そのすてきな解放感。観たい映画があって滞在するというよりも、滞在中に上映している映画や舞台を観ていたのだった。

琴の返事に、将之はしばらく無言であった。将之の無言に、琴は「私、何か失礼なことを？」と戸惑うのだった。

琴は老女となってからも、娘の月子に、「私、何かおかしなことを言ってしまったのかしらって、ずっと悩み続けていたの」と恥ずかしそうだった。

月子は、母親の昔話を聞くのが好きだった。そういう母、琴の表情は、乙女のようだった。そのようなお母さんにお父さんも魅かれたのだわ」と、心華やいだ。「お母さんは心底、父が好きだったのだわ。そして、

ある日、月子は、琴はどのような服装で上京していたのかと尋ねたことがあった。

琴は

「そうね……、和服より、洋服の方が多かったかしら……」

と答えた。

月子は、お母さんは文学の集まりにもワンピースで行っていたのかしら、場違いだったのでは？と思い、両親のアルバムを見てみた。

将之たちの「文学の集まり」での琴の写真は数えるほどしかなく、洋服の写真は一枚だけだった。

一方、自宅で撮ったと思われる写真は、和服、洋服ともにあった。松濤の叔父宅の玄関前と思われるものや室内、庭での写真、劇場を背景にした写真のほとんどが洋装であった。琴の表情にも華やかさがにじんでいて美しかった。

琴は当時では珍しく、足長で背丈もあり、洋装にぴったりな体型をしていたこともあって、洋服がよく似合った。体型だけでなく、二重まぶたの瞳なども含めて、当時、最先端と言われていた文化や服装にフィットしていた。

将之たちとの集まりでは、目立ちすぎないように洋装を控えたのではないかと、月子は思った。そう思ってあらためて写真を見てみると、松濤の叔父宅や観劇時に撮ったと思われる写真とはちがって、将之たちとの写真は、着るものを含めて、琴の表情もつつましかった。

将之の方は、肩幅のゆったりとした上着にネクタイという写真もあった。

この時期の男性は、自宅では着物で過ごすのが普通で、外出にあたって洋服に着替えていたという。着物姿の写真も一枚だけあったが、なんと写真の下に琴の文字で、「外出最後の写真」と書かれていた。結核で亡くなる頃の写真かもしれなかった。

月子の手元にある写真のほとんどは、二人が結婚する以前、知り合って頻繁に会っていた頃のものと思われた。その頃の将之は、なかなかハンサムで素敵だった。

背景からして、夏のはじまりか、夏の終わり頃の撮影と思われた。背広の色は、薄ねずみ色や薄茶色などの明るい色だったのではないか、と月子は思った。

母にそう伝えると、「薄ねずみ色よ」と懐かしそうだった。

「でも、いつでも背広だったのではなく、普段はもっと気軽な服装だったの。ワイシャツにズボンとか。昭和の中頃のちょっと前までの男の人のズボンってね、折り目をつける習慣はまだなくて、今のズボンとは似て非なるものだったの」

「モダンガールにモダンボーイだったのね」

「そうね。そういう言い方もあるのね」

琴は、そういえばあの人は洋服姿の私の方が好きだったわ、と思うのだった。

「そういう二人から生まれたにしては、冴えないなあ、私って」

「自慢の女の子だったのよ。その頃のお父さんはもう結核で寝込んでいたから、月子を遠くから眺めるだけだったけど、お座りできた時には、『僕を見ている』って、それはたいへんな喜びようで」

恥ずかしそうに彼方を見つめている琴の表情に、その頃の二人に会いたかったなあと思う月子だった。

二　「拘禁精神病って、どんな病気？」

その日の「文学の集い」のテーマは、「伊藤千代子と治安維持法について」であった。琴以外の人たちは伊藤千代子という女性について、それなりに知っているようだった。経歴はおろか、名前も知らないのは琴だけであった。

皆の話を聞きながら、琴に分かったことは次のようなことだった。

伊藤千代子は一九〇五年、長野県諏訪郡湖南村に生まれた。ちょうど日露戦争が終結して、中央線が岡谷まで開通した年であった。

伊藤千代子は物静かな読書好きな少女で、成績抜群、面長で色白、クラス一の美人だったという。諏訪の高等女学校に在学中、教頭（後に校長）として赴任してきた歌人の土屋文明と出会い、彼女は多大な影響を受ける。諏訪は、自由と個性尊重を信条とする白樺文化運動の発信地であった。

伊藤千代子は、土屋文明氏から英語、国語、修身の授業を受けただけではなく、土屋氏の自宅で、夫人から英語の補習も受けていたという。

土屋氏が理想とした自由な学びの場は、伊藤千代子の思想形成に影響を与えた。伊藤千代子は島崎藤村、ツルゲーネフ、ゴーリキー、トルストイなどを愛読し、ヒューマニズムに開眼。高等女学校卒業後は代用教員として、小学校で教鞭をとっていた。

そうした、伊藤千代子の諏訪での一八年間は、一方で、第一次世界大戦からロシア革命、米騒動、大逆事件、関東大震災と続く、まさに激動の時代とともにあった。

伊藤千代子が東京女子大学英語専攻科に入学した一九二五年は、治安維持法が成立した年だった。治安維持法の成立には、皮肉にも諏訪郡御射山神戸村出身の小川平吉（当時、加藤高明内閣司法大臣）が深く関わっていた。伊藤千代子は、大学に入学したその年の春、他の学生三人とともに、学内に社会科学研究会を結成する。学習を通じて、社会変革に生きることを決意したのだった。

そして、活動の中で浅野晃という男性と出会い結婚。しかし一九二八年三月一五日、治安維持法による全国一斉の大弾圧があり、伊藤千代子も浅野とともに特高に逮捕され、過酷な拷問を受けることになる。大学は除籍になってしまったという。

市ヶ谷刑務所に服役中、浅野晃は解党派に参加。伊藤千代子は夫の行動に衝撃を受けるが、しばらくして離婚している。

伊藤千代子は拷問のなかで拘禁精神病と診断され、松沢病院に収容された。病状は快方に向かっていたが、急性肺炎を発症。看取る人もなく亡くなっている。享年二四歳だったという。若すぎる死であった。

ところで「特高」とは特別高等警察の略語で、反体制活動の取り締りのために設置された警察の一部門であった。思想警察として、主として社会主義運動の取り締まりにあたっているとのことであったが、琴は思想警察という言葉すら知らなかった。

また、琴は、拘禁精神病についても聞いたことがなく、精神病の病状が進行するほどに残酷な拷問が加えられたのだと気づくまでには時間がかかった。

琴は、日常的な拷問という環境が、身体と心にどのような影響を及ぼすのか。それらが病気として、どのようなあらわれ方をするのかなどを知りたいと思った。

悩んだ末に訪れたのが、内科医である、母方の叔父宅であった。精神医学が専門ではないが、考え方の基本を教えてほしいと思ったのだった。

琴の母方の実家は江戸時代から続いている医家であった。琴は、幼い頃はともかくとして、女学校の頃から頻繁に訪れていた叔父宅である。映画を観にいくたびに滞在していた、東京の松濤町にある父方の叔父宅とは違って疎遠になっていたが、叔父はもとより、大叔父も健在であった。

琴はさっそく、内科医である叔父に、伊藤千代子とはどのような女性であったのかについて、聞き知ったことを話した。

黙って聞いていた叔父が、ようやく口を開いた。

「定義だけで理解するのは難しいと思う」

「ええ」

「拘禁精神病といわれているその人がどのような経緯を経て、どのような症状を呈したのかを理解したうえで、『……症』、あるいは『……病』と判断したい。もう少し詳しく状況を説明してほしい」

琴は逮捕後の伊藤千代子について、さらに知りうる限りの内容を伝えた。その話を聞いた叔父から教えられたのは、次のようなことだった。

「拘禁反応とは心因反応の一種で……。拘禁、つまり身柄の拘束のことであるが、拘禁精神病とは、拘禁状況と心理的な意味関連が認められる精神障害の総称だね。古くからさまざまな分類が試みられてきたが……。

その伊藤千代子さんという女性が経験したような状況の下で言うなら、拘禁されたことによる自由や権利の剥奪、私的な活動の禁止、拷問などによって、神経症症状や、不安、心身症などを呈していったのではないかと思われる」

「神経症？　心身症？」

琴には、聞き覚えのあるような、ないような言葉で、それが一体どのような症状であるのかわからなかった。

「ストレスなどによる心身の機能障害だが、医学的に説明すると……、不安状態、神経衰弱状態、恐怖症状態、離人症状態……。つまり、自分が自分の心や体から離れていったり、自分が自身の観察者になるように感じてしまったりする状態や、抑うつ状態なんかがあるが……」

「……」

琴は、初めて聞く言葉の数々に、頭が混乱しそうだった。

「離人症……。自分が行っていることに対して、自分がしているという感じがない、もとの自分ではなくなってしまったような感じがするようなことかしら……」

「専門的な説明になるが、いいかな」

「ええ、はい」

琴は伊藤千代子のことを理解するためには、どんな難しい説明でもついていこうと思った。そのような琴をみて、叔父も心を決めたようだった。

「まず、疾患、つまり病気などが不安や恐怖などの心のストレスを主な原因としているさまのこと。

ここまではいいかな？」

「ええ」

と、答える琴にうなずきながら、叔父は説明を続けた。

「ノイローゼやうつ症状もこれに入るが、これは身体的に健康な人でも起こりうるんだ。あまりに急激な変化や著しい精神的なショックを体験したり、慢性的に不都合な状況にさらされたりするとね。自分ではどうにもできない不安、焦燥、抑うつ、無気力といった精神的症状を呈することもある」

琴は一生懸命に聞き入っていたが、叔父はそのような姪の久しぶりの琴の訪問を喜びながらも、その目的がただならない内容である知って、密かに心配していた。

その後も琴の質問は続いたが、気づけば午後の診療が始まる時間になっていた。

「今夜は泊まっていきなさい。ひさしぶりに会えたのだから、ゆっくり話がしたい。君自身のことも、ね」

「ええ、是非」

叔父といったん別れた後、琴は挨拶のために、長い廊下の先にある大叔父の部屋へと向かった。大叔父の部屋の前庭には花が咲いていた。甘い香りが琴を迎えてくれているようで、琴は足を止めて、花の香りを楽しんだ。

そして、いつだったたか、岡倉天心の名前を知らない琴にショックを受けた大叔父が、掛け軸の幾つかを前にして、日本文化を歴史から教え直してくれたことを懐かしく思い出した。「もしかしたら今日は、精神医学の用語についての講義になるかもしれないわ。私が少しは成長したと喜んでくれるはず」と思いながら、部屋の前に正座した。

「琴です。お久しぶりです」

久しぶりの琴の訪問を喜んで迎え入れてくれた大叔父の部屋で、琴は叔父にしたのと同様の質問をした。

大叔父も「説明するのはむずかしいが……」と言いながら、明治以降の日本の医学は急速に近代化が進められるようになったこと、西欧ではすでに心的外傷について議論されていて、「外傷性神経症」や「災害神経症」として日本に移入されたことなどを話してくれた。

「心的外傷とはなんですか？」

「個人では対応できないほどの強い心の刺激、打撃的な体験を与えられた心の傷のことだが……」

大叔父の説明は具体例を交えて続いたが、琴には専門的すぎて理解できなかった。

「どこまでわかったのか、どうなのかさえもわからない」と正直に述べる琴に、大叔父はうなずきながら、鴨長明の『方丈記』を書庫から持ってきてくれた。琴は、『方丈記』の名前は知っていたが、そのものの書物を見るのは初めてだった。

「これには大火、竜巻、飢餓、地震などの自然災害が記録話風に描かれているから、わかりやすいと思う。読んでみなさい」

「ええ、はい」

と、琴はこわごわと『方丈記』を手にした。

「今夜は泊まって行きなさい。できれば、二、三日。『方丈記』を読むのを手伝ってあげよう」

「はい。三日間泊まれると嬉しいですけど、用事を残してきているので二日間なら。初めて読む私には時間がかかりそうで……」

そのような会話の後、琴は久しぶりに大叔父と一緒に庭を散策した。ランの種類や鉢の数が増えていて驚いた。胡蝶蘭はともかく、名前も知らない種類のランも増えており、大叔父が、それぞれについて説明してくれた。ランの華やかさ、可愛らしさ。久しぶりの琴の訪問を喜んでくれている大叔父。そのすべてが懐かしく、琴はあらためて「来てよかった」と思った。

気がつけば、琴もすっかり少女の頃に戻っていて、「時も経って、私も若い女性としてまあまあのはずだわ」と思いながら微笑んでいた。

大叔父と一緒に松林から梅林への道を歩くのも久しぶりだった。江戸時代には「梅屋敷」と呼ばれていた大叔父宅であった。昔ほどではないかもしれないが、梅林も以前のままだった。外国の花であるランは、不思議と松林や梅林に合っていた。しかし、大叔父と歩きながら、やはり、伊藤千代子のことを考えている琴であった。

夕食後は、年下の又従兄弟たちを含めて、なごやかに夜が更けていった。叔父も大叔父もいたが、伊藤伊代子のことが話題になることはなかった。

翌日の朝、昨夜の夕食の際、刺身の膳を運んだ年若い台所女中が「いくら刺身でも、生で食べるなんてひどすぎる」と言ったという話を聞いて、琴は大笑いした。

「お刺身は生でなければ、お刺身ではないわ」

面白がる姪を見た大叔父は、次のようにたしなめた。

「山家の人を笑ってはいけない。川はあっても、海のない土地に育ったのだから」

大叔父の言葉に反省しながら、琴は、もし私が山家のお宅に泊まっていたとして、イノシシやウサギのお肉料理を出されたら、お箸をつけることができるのだろうか……と考えた。

その土地にはその土地の文化があるのだ。大叔父の言葉を噛みしめ、琴はあらためて恥じ入ったのだった。

三　文学の集い

母方の叔父宅から戻ったあと、琴は将之に叔父宅での諸々を話した。二人の話題は、やはり伊藤千代子のことになった。

「アララギ派の歌人でもあった土屋文明は、きびしい言論統制の中であったが、教え子の生涯を悼んだ歌を詠んでいる」

と、将之は低い声で話した。それから一か月以上も後になってからであったが、将之は和紙にその歌を書いてきてくれた。

こころざしつつ
たふれし乙女よ
新しき光の中に
置きて思はむ
　　土屋文明

　黙読していた琴は、しばらくして、ほとんど聞き取れないような声で「こころざしつつ　たふれし乙女よ　新しき光の中に　置きて思はむ」と吟じるように読みあげた。そして最後に「土屋文明」と読もうとした琴の声が途絶えた。忍び泣いていたのだ。

　将之が、そっとハンカチを手渡した。手渡されたハンカチを顔に当てていた琴は、しばらくして、背筋を正すように顔をあげた。

「……ごめんなさい、私……」

「……」

　将之も返す言葉はなく、沈黙を共有する二人だった。

「文学の集まり」の時もそうだったが、働いた経験のない琴には労農運動について理解できないことだらけであった。ところが伊藤千代子の死を知った頃から、琴の中の何かが変わりつつあった。

看取る人もなく亡くなったというが、その時、意識はあったのだろうか。意識があったとしたら、何を考え、何を思っていたのだろうか。伊藤千代子のことを思うたびに、琴は我がことのようにつらく、切なく、悲しくなるのだった。

こうして琴は、伊藤千代子の死を通して将之への理解を深め、今まで以上に将之を身近に感じるようになっていった。

将之は、労農運動だけではなく、音楽や演劇にも関わっていた。琴自身も、文化運動が盛んになっていった経緯や若い作家や詩人たちについて知るようになり、自分が触れてきた文化についても、それまでとは異なる視点から見つめ直すようになった。

詩人でもあった姉、瑛子が参加する集まりに、ナフタリン役として陪席していた頃の諸々を思い出すことも多くなった。そして、「あの時のあれは、そういう意味だったのだ」などと理解できるようになった。

与謝野晶子氏の『みだれ髪』も読み直してみると、与謝野晶子氏が与謝野鉄幹氏との恋を、誇らかな情熱をもって詠っているのが伝わり、あらためて衝撃を受けたのだった。ただ、琴は二人に関心を抱きつつも、それ以上のことを知ろうとはしなかった。労農運動や文化についても、将之の話で知識は増えたものの、実感をもって理解することは、やはり難しかった。

それでも「文学の集い」に参加し続けたのは、集いが終わった後の、将之との散策と食事に魅力があったからだといえる。その日の「文学の集い」の中で深めたかったことについて将之と語りあえる魅力は、言葉では言い尽くせないほどだった。要するに、琴は将之に魅かれていたのだ。

食事やコーヒータイムをともにするほどに親しくなった二人であったから、琴は将之の運動について、実感をもって理解できないことには、「理解できなくて」「もう少し説明を」と、率直に言うことができた。

将之に対して、知らないことを「知らない」、理解できないことを「理解できない」と言えることはありがたく、将之への信頼はますます深まっていくのだった。

琴が労働現場の実際や農村の諸々を理解するために現場に足を運びたいと思うことはなかったが、そのような琴に対して、将之が無理強いをするようなことはなかった。

とはいえ、将之は時折、次のようなことを口にするのだった。

「僕がなぜ、文学や演劇だけでなく労農運動に関わるようになったのかを、まだ、お話ししていませんでしたよね」

「ええ。お聞きしていませんけど……でも」

琴は、そこまで言うと言葉を止めるのだった。将之は、「なぜ」について話そうとはしなかった。もちろん琴も、将之がどのような関わり方をしているのかを知りたいと思った。思ってはいたが、たずねるのは控えていた。将之が「まだお話しできていませんよね」と、いつものように言う時も、琴が先を急かすことはなかった。

別の日であった。

「ぜひ、聞いていただきたいことが」

「ええ、はい」

将之が話し始めたのは、琴にとって、初めて聞く、将之の生まれと育ちであった。十歳前後の頃に家出をし、以来生まれ育った家とは交流はあるものの戻ってはいないという将之の話は、琴にとって衝撃だった。

将之もそのような琴の様子に気がついたにちがいなかった。

「家出とその後のことは……、別の時に」

と、黙ってしまった。

琴は、言葉を失いつつも、「なぜ今、私に?」と戸惑った。そして、「なぜ家出したのかしら?」「それにしても理由があったはず」と思いながらも、何と言ってよいのかわからなかった。質問そのものが将之の心の傷をえぐることになるかもしれなく、的外れかもしれない。

一方の将之は、琴の戸惑いを感じながらも、生い立ちの一端である家出について話すことができて、気持ちが軽くなっている自身を感じていた。

その日はそのように、それぞれの思いを胸に家路についたのだった。

「尋常小学校に通うような年齢の少年が家出するなんて」、「弟さんが二人もいたなんて知らなかったわ。しかも二人とも東京帝大生だったとは。弟さんたちはどうしているのかしら?」、「弟さんたちは、お兄さんの家出の理由を知っているのかしら」、「しかも、汽車に乗っての家出だなんて、想像もつかないわ。汽車賃はどうしたのかしら」「駅を降りてから、母親の実家までの道筋は? 迷わなかったのかしら」「迎え入れた母親の実家の人たちはどのように対応したのかしら」など、疑問は尽きなかった。

思えば、将之について、知識層の青年だろうとは思っていたが、なぜ印刷工として働いているのかなどと思ったこともなく、「働いている人だからこそ、博学なのだ」と一方的に尊敬していた琴であった。

それにしても、将之が富裕な呉服商の御曹司で跡取り息子だったとは。将之はお嬢様育ちの琴と出会い、ある種の郷愁を感じていたのではなかったのか。

将之が住む町、つまり琴が参加している「文学の集い」の場所は、同じ東海道本線上の駅とはいえ、琴の自宅のある駅から一時間近く離れていた。琴と同じ家に住む姉の瑛子は、文学仲間を通じて将之を知っていたようだったが、妹と親しい間柄になっていることは知る由もなく、将之について姉妹の間で話題になったことはなかった。家族も、琴が普段から映画を観るために上京するなどしていたことから、琴の外出には慣れていた。

また瑛子は、「妹は自分と一緒にいない方が良いのでは」とも考えていた。将之たちの集まりを紹介したのも、姉の配慮からであった。

それからしばらくの間、「文学の集い」の帰り道の洋食屋や喫茶店での話のなかで、将之の家出について話題になることはなかった。琴と将之はそれまで通り、それぞれの近況や、伊藤千代子についてお互いの感じ方や思うことを話していた。琴もなるべく、それまで通りにメニューを選び、自然な流れに任せて話をした。


季節は真夏になっていた。その日の琴は、渋い黄色の長めのワンピースにやや低めのヒールの靴、そして、ショルダーバックにパラソルというファッションであった。

初めの頃はワイシャツに細めのネクタイと決めていた将之も、夏になって背広とネクタイなしのシャツにズボンというラフな服装が増えていった。

琴はそのような将之の服装を見るたびに、「私もラフな服装にしたほうがよかったかしら？　でも、ラフな格好で外出するなんて。ましてや汽車に乗るのに普段着だなんて、母たちに説明しようがないわ」と逡巡するのだった。

琴は将之の「家出話」を聞いて以来、また印刷工という仕事を思うと、洋食屋での食事と、場所を変えての喫茶店に立ち寄るという習慣は「お金を使い過ぎていないだろうか」と心配するようになった。また、そのような心配を言葉にすると失礼になるのではないかと、不安になった。

将之の家出についても、「文学の集い」と将之の関係についても、わからないこと、知らないことばかりであったが、質問してもよいのかわからなかった。食事中の話題にしてもよいのかさえ、わからなくなっている琴だった。

琴と会うその日、将之は家を出る前から、自身の生い立ちを話すつもりで、いつものラフな服装ではなく、ネクタイに薄手の背広姿であった。

将之はテーブルに着くと、カンカン帽は椅子の横に置いた。

しばらくすると緊張が解けていたのか、将之は琴の顔を見てニコッとした。しかし琴は、将之が笑顔ではあるが緊張しているのを感じていた。

琴は、松濤の叔父が「これはお酒が入っているから、大人のデザートに合っている」と言いながら、フルーツポンチをオーダーしていたのを思い出した。

「今日はレモネードではなく、フルーツポンチはいかが？　松濤の叔父によると、大人のデザートに合っているんですって。お酒が入っているから」

フルーツポンチに入っているわずかなお酒であっても、将之の緊張が解けるのではないかと思ったからだった。

琴と将之は洋食屋で食事をし、いつもの喫茶店に移動した。それまでの会話もいつも通りで、フルーツポンチも美味しかった。とはいえ、将之はやはり何か考えごとをしているようだった。

「この前、お話ししなかったことが……」

「ええ……」

「どう話したらよいのか」

と、間をおいて、将之は自身の生い立ちの続きを話し始めた。

その話には琴が知っていたことも含まれていて、緊張しないで聞くことができた。

琴は思った。この方にはもっと話したい、打ち明けたいと思っていることがあるのだわ、と。でも、私が知りたいと思っていることと、将之さんが話したいと思っていることはちがうかもしれない。そう思うと、気軽に質問することはできなかった。

将之は、琴が必要以上に質問をしないでくれることに感謝していた。そして、人に話したことのない話の幾つかを初めて話すことができたのだった。

話はそのようにして終わり、化粧室に立った琴が、将之の待っているテーブルに向かって歩いている時だった。琴を迎える将之の瞳の、なんという優しさ、輝き。琴は心の中で「素敵な方」と呟いていた。

外は夕暮れ近くなっていた。将之は駅までの道を遠回りするつもりなのか、樹林に沿った脇道へと向かった。夕暮れ色は次第に濃くなっていき、沈んでいく太陽が二人を愛でるように、最後の光を投げかけていた。

神秘的なまでの夕暮れの光に見惚れている琴に、将之が身を添えた。硬くなった琴の耳元で、将之が何かささやいたように感じた直後、気がつけば将之の唇が琴の唇に触れていた。琴は不思議な感覚と幸せで、ぼうっとしていた。

四　座敷牢——駆け落ち——逮捕・拘禁・拷問

将之と琴は愛し愛される関係になっていて、「いずれは結婚を」と、意識するようになっていた。

ところが、ある日を境に、突然、将之との連絡が取れなくなってしまった。

「文学の集い」で出会った人たちや、将之に紹介されて言葉を交わした人たちは多かったが、社会的な活動とは無縁であった琴には、誰がどのような人で、どのように相談をしてよいかもわからなかった。

それでも、将之との会話のなかで名前だけは知っていた将之の友人宅や、集まりの場所に、将之を訪ね歩く日が続いた。そのようなある日、偶然張り込んでいた特高に、琴までも逮捕されてしまったのだった。

社会的な運動に関係していなかった琴には、拷問を受けても、特高が口にする人間が誰であるのか知る由もなかった。もちろん、たとえ知っていたとしても口を破る琴ではなかったが。

拷問と辱めが未来永劫に続くのではないかと思うほどの、酷い日々であった。手の甲で口元をたたかれ、「裸にするぞ」「逆さ吊りにするぞ」と脅され、座っている琴の股根を、軍靴でぐりぐりと踏みにじられたこともあった。

救われたのは、どの房でも、「おい、がんばれよ」「負けるなよ」と声かけてくれる人たちがいたことだった。そうした声に、どれほど救われたことか。

琴が閉じ込められている部屋の前を、手枷されて通る女性と目が合った時のまなざし、互いのうなずきあいにも救われた。琴が拷問のなかで黙秘を貫けたのは、うなずきあった女性たちを思い、心の内で「私も負けません」と誓うことができたからであった。

そうこうするうち、東京の親族が動いたのか、琴は短期間で釈放された。

しかし友人の家を訪ねたところを、張り込んでいた特高に再び捕まってしまい、結局二度の逮捕となった。二度目の逮捕時は友人と相談していたこともあって「友人の家にいた」と言い張って、放免となった。

もちろん短期間で放免になったとはいえ、拷問は凄まじかった。琴は連絡のとれなくなった将之を思うことで、「私は一人ではない」と耐えることができたのだった。それでも、琴が受けた拷問と辱めの恐怖、心の傷は、癒えることはなかった。

五　お信おばさまに支えられて

将之が、ただの文学や演劇に夢中な青年であれば、琴の両親も結婚を許したにちがいなかった。ところが、琴が結婚を願う相手が、社会主義運動にも参加している青年であると知って以降、両親は結婚に反対するだけでなく、琴をきびしく監視するようになった。

ただし、松濤の叔父宅に滞在しての映画、観劇は許されていた。東京への汽車を途中下車すれば、釈放となっていた将之と会うことができていたが、その逢瀬もばれてしまった。

以降、琴は自宅の蔵座敷に閉じ込められてしまったのだった。そのような琴に心を痛めていたのが、琴の母親の姉である、お信おばさまであった。

琴が女学生の頃だった。男爵家に嫁いでいたお信おばさまは、夫に好きな女性ができたとかで、三行半の封書を持たされて実家に返されたのだった。お信おばさまは、そのようなことが噂され、騒がれるのを避けて、姉の嫁ぎ先である琴の家に身を寄せていた。

以来、お信おばさまは琴の女学校への送り迎えだけでなく、琴が女学校を卒業した後も、何かと用向きに応じて付き添ってくれていた。

松濤の叔父宅にお信おばさまが同行、上京することもあった。松濤の家でのお信おばさまは、自由で楽しそうだった。お信おばさまは東京での生活が長かったこともあって、通じ合うものが多かったのかもしれない。松濤の家でもその滞在は歓迎されていた。琴にとっても、お信おばさまの案内で新橋や銀座界隈を散歩したのもなつかしい思い出であった。

そのように、琴をこよなく愛してくれたお信おばさまである。蔵座敷に食事を届けるのも率先してくれていた。


琴の蔵座敷脱出に手を貸したのも、お信おばさまだった。

夏祭りの日の、夕暮れ時だった。

遠くから聞こえてくる神社での祭り太鼓に小鼓、笛の音、人々のざわめきにまじって、犬が吠えている。

「祭り太鼓に犬の遠吠え……。涙さえも涸れてしまった私……」

無力感と絶望のなか、誰に話すでもなくそう呟く琴に、お信おばさまがそっと手を添え、小声でささやいた。

「夕闇が濃くなる頃よ。お逃げない」

お信おばさまは琴に、当座のお金と着替え一式、下着類を手渡し、裏木戸まで付き添って、見送ってくれた。

蔵座敷を抜け出した琴は、将之にすぐには会えなかった。行く当てもなく向かったのは、「借地借家人組合」の事務所であった。事務所にいた二人の男性は、驚きつつも将之を通してそれなりに事情を聞いていたらしく、親身になって琴の身のやり場を考えてくれた。

相談の結果、琴は将之の知人宅に身を寄せることになったが、家事を一切、知らない琴である。おにぎりの作り方から教わることになった。もちろん琴は、足袋やハンカチの洗い方も知らなかった。

預かってくれたお宅の夫人は、自分の夫は獄中にいると言った。そして、自分が捕まる頃には、夫が出獄するのですれ違いになるだろう、と。婦人は日頃、どのように特高に注意するかについても、教えてくれた。足袋は必ず真っ白ものを履くこと、曲がり角では後をつけられていないか注意することなどだった。

第三章
時はめぐる

一　将之の生きた道──赤いドレスの乙女に別れを告げ

月子の祖父、つまり将之の父親は神奈川に本店、静岡に支店をもつ裕福な呉服商であり、男の子三人、女の子二人の七人家族であった。

祖父は長男将之の結婚を喜び、月子の姉である初孫の茂実が生後間もなくして亡くなった時は、悲しみに暮れたという。その後、月子が生まれた時は、喜びの手紙を添えて祝い金を送ってくれたとのことだった。月子はそのような祖父に、一度でもいいからお会いしたかったと思っていた。

呉服商としての祖父は、元は大名であった華族の諸家にも出入りしていて、そこで出会ったのが月子の祖母、つまり将之の母親であった。祖母は、幼い頃から行儀見習いとして、子爵夫人のお膝元で育っていた。そのような二人が見合い結婚をして、最初に生まれたのが将之であった。

祖母は細面の美しい人で、立ち居振る舞いの優雅さは忘れようがないほどだった。

月子が高校生の頃、久しぶりに祖母宅を訪れた時のことだった。

「お座りなさい」

と、祖母に勧められた座布団へと膝を進めながら、月子は、私は今、孫としての点数をつけられていると思い、緊張した。それほどに、祖母は行儀作法に厳しい人だった。

しかし、最晩年の頃の祖母の病床を訪ね、枕元に座ったときには、かつてのような厳しさはなくなっていて、会話もとぎれとぎれであった。その際、祖母から唐突に尋ねられたのだ。

「金閣寺を建立されたのは何代様だったかえ？」

月子は即答できたことに安堵しながらも、三代将軍の足利義満です」

「そうだった。三代様だった。銀閣寺は何代様だったかえ？」

月子は、祖母が何を思いだしているのだろうかと思いながら、耳元に顔を寄せて答えた。

「足利義政です。八代将軍の……」

「そう、八代様だった……」

祖母の声は消えていき、静かな寝顔になっていた。その後しばらくして、祖母は亡くなった。金閣寺と銀閣寺についての会話が、月子と祖母の最後の会話になった。

一方、月子が会ったことのない祖父の人生は、激動のものであった。長男の将之は思想犯として何度か逮捕され、結核になって仮保釈、ようやく結婚できたとはいえ若くして死亡。そのような長男の死の悲しみに追い打ちをかけるように、東京帝大生であった次男、三男の学徒動員と戦死である。祖父の悲しみと絶望、喪失感はいかばかりだっただろうか。

月子は、父の弟たちの手記が『きけ　わだつみのこえ』に載っているかもしれないと思って、名前を探したことがあった。叔父たちの名前はなかったが、同県同市内では二人の戦没学生の手記が載っており、マニラ東方で戦病死しているのを見つけた。月子は二人の叔父のうち一人だけでも見つけ出せたような気がして、その手記を何度も読み直し、過酷な状況の中でも最後まで明晰な知性と感性を失うまいと努め、祖国と家族、愛する者の未来を憂いながら死んでいった学徒兵たちに思いを重ねるのだった。死んでいった学徒たちの思いは、拷問によって命を縮め、逝ってしまった父の憂いであり願いでもあるのだ。月子は、二度と戦争を起こしてはいけないと心に誓うのだった。

『きけ　わだつみのこえ』には、渡辺一夫氏よる次のような序文がある。

死んだ人々は　還ってこない以上
生き残った人々は　何が判ればいゝ？

死んだ人びとには、慨く術もない以上、
生き残った人びとは　誰のこと、何を、慨いたらいゝ？

死んだ人々は、もはや黙ってはいられぬ以上、
生き残った人びとは沈黙をまもるべきなのか？

（『きけ　わだつみのこえ——日本戦没学生の手記』序文、渡辺一夫より）

月子は渡辺一夫氏の序文に思いを重ね、会うことはなかった祖父や父の弟たちのことを思っては、

祖父や父が残した手紙やノートを大事に保管していた母、琴に感謝するのだった。そして月子もまた、母から引き継ぐように、それらを大事に保管した。

二　時の入れかえ

月子の母、琴が八〇歳を超えてから残した、「私の思い出」という冊子があった。そこに、琴が蔵屋敷を抜け出した後のことが書かれていた。

「……（前略）世のため、人のために何かをしなければと思いました。将之さんのもとに行き、石垣の隙間を埋める小石になろうと決心しました。

十月一日から近所の神社の祭典でしたが、私は一日目の夜、裏木戸から家を出て汽車に乗り、駅を降りて一時間、麻糸製糸の前で労働歌が聞こえてきたときには涙が出てきました。将之さんの友人宅に世話になって三日目、ようやく彼に会うことができました（後略）」

当初、二人は露店で古本を売ろうと考えていたそうだが、将之の父親が出資してくれて、古本屋ではあるが、店をもつことができたとのことだった。生後八ヶ月で盲腸になり、手術室から死体で出てきたという長女の茂実は、この頃に生まれていた。

月子は学生の頃、琴が大切に保管していた父の残した手帳を、興味半分に見たことがあった。そこには、書籍名や、古本屋にきた注文者の名前や住所などがきちんと記されていたが、ところどころの空白に俳句や短歌も書かれており、とても商売人の手帳とは思えなかった。
例えば、ボードレール『悪の華』の書名の余白には次の句が記されていた。

ウラジオの電波を探る新茶かな

あるいは、『現代法学全集　三八巻』の注文者の名前が記されたページの片隅には、鉛筆書きで、次の句が。

水仙や　大風の雲　海におつ

蔵書目録のページにも、びっしりと句が書かれていた。次の二句もそうである。

芦の湖をゆく舟　秋の雲を追へり
秋燕のかたむき飛ぶや　海の月

将之の句は、手帳の片隅のメモ以外にも、何冊かのノートに残されていた。
そこには、若い頃の父が若き乙女を思って詠んだ句もあった。次の句は、母と出会った頃の父が、それまでに心惹かれていた女性（少女）に別れを告げた句かもしれない。

ココア冷え　黙し別れし少女の記憶
氷雨きぬ　かの日ドレスの朱が匂ひ

その他の句の内容を大きく分けると、結婚した当時のもの、獄中のもの、結核になってからの闘病中のものとなる。
たとえば次の句は新婚当時のものと思われる。二人の会話まで聞こえてくるようだった。

妻ときくラジオドラマや百合活けて
山百合の光あつめて暮れにけり
お茶さして妻の眼すすめる雪夜かな
さがみなる　海辺の松のみどりを今朝も
藤椅子の夕冷えへし　ビールかな

海辺の松のみどり、山百合の花、籐椅子に、ビール。なんと幸せそうな二人であることか。このような句を読むたび、月子は「私はこのような両親の子どもとして生まれたのだ」と、幸せでいっぱいになり、「素敵な、素敵なお二人さん」と心の中で声をかけるのだった。
一方、次の句は将之が最初に捕まった際に獄中で書いたもののようであった。

獄中吟

春光に吾が血濁れたり血の動き
囚人の皮膚白うして秋きたり
碧落ぞ　国禁の書を痞えし胸と

雨を来し千葉監獄は桐咲くところ
手枷とひて桐咲く部屋に身をおきぬ
叱られて縄なひなおす夜業かな

〈監守吾が思想をなじる〉の文字の後に
秋風や囚人墓地の土赤く

次の句は再度、逮捕された際の句なのだろうか。同じページに、市ヶ谷刑務所という文字が記してあった。

「名古屋に受刑中なりし共同被告N君の訃来る」
秋の灯を暗いと言って人死にし
逝くも残るも一つ道なる秋の月

〈隣因死す（一句）〉の文字の後に
人の世に霊還りませ月の秋

〈死刑台付近（二句）〉の文字の後に
血の土に生まれて白し秋の蝶
蝶々や血の土に秋陽こともなく

秋の夜の肺なる音は風のごと
ひと死なば　かの松原の風をきくや
碧落や　かくしづかなる刻　死なむ

それぞれの句が詠まれた正確な時期は、今や不明である。桐の花が咲く頃といえば、四月から五月頃なので、この頃に逮捕・投獄され、秋の月、秋の灯、秋陽とあるので、そのまま晩秋の頃まで獄中にあったのではないだろうか。父はそのわずか半年の間に結核に侵され、吐血するほどに重症化していったということになる。

満身結核ということは、肺結核、腸結核、腎臓結核、喉頭結核、骨結核などを発症していたということで、拷問を含めて、獄中はよほどの劣悪な環境だったにちがいない。どんなに苦しく、つらかったことだろう。

両親の逮捕や保釈の日時ははっきりしないが、その頃のものと思われる句のうち、季語があるのは次の二つだった。

早蕨の萌んと　垂氷とけつつ
防人の　おごころ恋ふと冬は来ぬ

父は、「獄中で死なせたら抗議運動が起きる」という理由で仮保釈になったという。結核を詠んだ次の句はその頃のものと思われる。これらの句は、原稿用紙に記されていた。

監守吾が思想をなじる（句）
秋天や吾が吸う息は人知れず
秋の夜の肺なる音は風のごと

次の句もおそらく同時期だったのではないか。生活は貧困化していったのだろう。

妻のねがひ　キャラコの足袋にあるかなし
炊しぎ水　こうりなげきつ妻は寝ねし
秋風の　はるけく　やまひ　いゆるなし

母の琴が世を去って、ずいぶんの月日が経った頃だった。月子は娘の薫子から、病死した将之を埋葬するにあたって、祖母と母が「野火に付した」のだと知らされた。「『お母さんに話してはダメ、神経が細すぎるから』と言われていた」とのことだった。母と祖母が、父の亡骸を、大八車で菩提寺に運んだということは知っていたが、野火に付していたとは。言葉を失う月子だった。

三　仮釈放と結婚、病死

「私の思い出」に記された通り、蔵屋敷を抜け出した琴は、無事将之と再会したのだった。

その後二人は結婚するに至ったが、琴は勘当されたままの結婚であり、結婚式も、結婚を披露する宴席もなかった。

しばらくして、将之の友人たちによる会費制の披露宴が催された。ところが披露宴の翌日、仲人役の将之の友人がやって来て、披露宴の会費が赤字になってしまったので、「赤字補填のために、二人の着物を質屋に入れたい」と言うではないか。着物の包みを持って、質屋へと向う友人の後ろ姿を見送る二人だった。

「まあ、哀れなるかな！　これが結婚生活の出発なのね」

「すまない」

嘆く琴に、謝る将之だった。

二人の結婚を知った将之の父親から多額の祝い金が届いて書店をだすことができたのは、友人たちから古本を譲ってもらって、「道端で古本を売ろうか」と相談していた時だった。そうした二人の、なんと幸せだったことか。

生活も徐々に安定してきたその頃、将之が思想犯として再度逮捕されてしまったのだった。

娘の月子が生まれたのは、将之が結核となって仮釈放された後のことであった。その頃から、将之の病状は悪化の一途をたどっていった。

月子に結核がうつるのを心配して、将之は月子を抱くことはなかった。月子がハイハイする様子、お座りできた姿などを、隣の部屋の襖越しに眺めていたという。

月子が初めて話せた言葉は、「お父ちゃん」だった。将之は、「初めての言葉が、僕への呼びかけだ」と、それは大変な喜びようであった。

一方、琴がこのような生活をしていた間に、琴の両親もお信おばさまも亡くなって、琴の実家は事実上没落していた。姉の瑛子とは行き来があったおかげで、それぞれの死は知らされていたものの、琴は勘当の身である。父親、母親の葬儀に顔をだすことも、お信おばさまの臨終に立ち会うことも許されなかった。

琴が生前大事にしていたアルバムにも、将之の膝の上に乗った月子の姉、茂実の写真はあるが、お信おばさまの写真はおろか、母方祖父母の写真は一枚もなかった。

両親、お信おばさま、長女の茂実、そして愛する夫までを失ってしまった琴であった。

その後、琴は、一九四五年七月一七日の沼津大空襲を着のみ着のままで生き延びて、終戦を迎えたのだった。何もかも失った琴であったが、手元には将之の写真やノート、手帳類があった。琴は戦火のなか、それらを決して肌身離さなかったのだ。

四　甲斐の国、富士の山

月子が学生時代の頃から、亡くなった父、将之を思うたびに、若い頃の将之の姿だけでなく、さらに時代をさかのぼった、戦国時代から江戸時代の頃と思われる情景が浮かび上がってくることがあった。

そうした幻影に怯えた月子は、大学生の頃、女性教授に相談したことがあった。

「幻影と言うのには実際的すぎます。何かのインスピレーションだと思うから、記録しておいたら、興味深いことがわかるかもしれませんよ」

というのが、教授のアドバイスであった。

それ以降、月子は、そうした幻影が現れても怯えることなく、注視するようになった。父方の祖母との最後の会話となった「金閣寺を建立されたのは何代様だったかえ?」という言葉を、ふと思い出すこともあった。

父、将之の家は、武田勝頼が滅びる頃、駿河国に逃げ延びた一族だったと聞いたことがあった。それにしては、将之の母方の生家は貧しげで、狭い庭には、桔梗の花やおしろい花などが咲き、野菜類の育つせまい畑があった。

そうした祖母の家屋と比べて、隣の家は二階建ての洋館で、庭園という言葉がぴったりの、花壇も樹林もある庭付きであった。

月子は祖母の家を訪れ、両家の佇まいを見るたびに、趣のまったく異なる家が、なぜこのように隣接しているのか、なぜ両家の境は塀ではなく低木群なのかと不思議に思っていた。

そして、かつて両家は主従の関係にあったのではないか、祖母の家人は従者として、命じられれば、あるいは隣家に何事かがあれば、すぐに駆けつけられるようになっていたのではないかと思うのだった。

祖母の家は静岡県内であったが、山梨県内にも親戚がいるという。父の妹のうちの一人は、山梨県内にある神社に嫁いでいた。そうした話と、月子自身のうちに湧き上がる幻影から、隣家と祖母の家は、戦国時代の頃から主従の関係にあったのではないか、武田家滅亡の頃に逃げ出した家来の従者だったかもしれない、と思うのだった。

祖母の家の家紋は武田菱であった。武田菱とはいえ、その紋を家紋にもつ家のうちでも、菱の間の白線の太さによる細かい分類があり、それによって、宗家との区別があるという。武田氏支流・庶流が、宗家に遠慮する形で使っているとのことだった。将之の母の家系は庶流で、かつ低い身分であったに違いなかった。

武田領へ侵攻してきた織田軍と武田軍の、初めての大規模な戦いである鳥居峠の戦いの際、織田信長は嫡男の信忠らを先陣として戦の口火をきり、木曽口から侵攻した苗木久兵衛らも、他の木曽勢とともに松本平に侵攻した。ほぼ同時期、家康も駿河に侵攻、田中城を降伏させ、翌日に駿府には入城している。

このような状況下にあって、武田勝頼は天正一〇（一五八二）年、最後の軍議を終えた翌三月三日、ついに新府城に自ら火をかけ、各所から集めた人質も焼き籠めにして立ち退いた。

その後、勝頼一行は山を越えて善光寺へ。笛吹川を越え、その日のうちに勝沼の大善寺に入っている。大善寺では勝沼信友の娘理慶尼が一行の世話をし、勝頼と夫人は薬師堂で祈りながら一夜を明かしたとされる。

翌朝、一行は東に向かったが、甲州街道の鶴瀬（大和村）に至った後、笹子峠の入り口である駒飼宿で、小山田信茂の迎えを七日間待つことになる。

七日間待ったが、小山田信茂の迎えは現れず、九日目の夜には小山田氏が人質として一行とともに同行していた母を密かに奪い返し、離反。直後、勝頼一行に鉄砲での攻撃を仕掛けた。小山田氏の反逆を悟った勝頼は、岩殿城への避難を諦めて、自害の地として天目山背棲寺に向かったのだった。

天正一〇（一五八二）年三月一一日、織田、徳川の両軍に追い詰められた武田勝頼は嫡男、信勝と共に天目山で自害。勝頼の墓は没地である田野の景徳院にある。

新府を出た際六〇〇余人いた侍は、最後の地に向かう際には四一人にまで減っていた。その、逃げた侍の従者のなかに将之の一族がいたのではないか、というのが月子の考えであった。

笹子峠を越え、都留、忍野村にたどり着き、山中湖へと向かい、次第に近づく富士の山を右手に見ながら御殿場、三島、沼津へと落ち延びたのではないか。長い逃避行であったはずである。

大学生の月子は、山梨県、静岡県の地図を前にして、それぞれの地名を確認しながらその道程に想いをめぐらせるのだった。

第四章

瑛子の生きた道

一　職業婦人への道

瑛子と琴の祖父母が、廃墟となった田中城の本丸や櫓跡に住むようになったのは、明治七年のことであった。

田中城といえば、徳川家康と鯛の天ぷらの話が有名である。

家康は元和元（一六一六）年の一月、焼津の小川付近で鷹狩りをした夜、田中城に立ち寄った際に鯛の天ぷらを食し、死亡したと言い伝えられている。

『徳川実録』によれば、鷹狩りのために田中城に滞在中の家康を、京の豪商・茶屋四郎次郎が訪問。家康は信頼する茶屋四郎次郎に「昨今の京での話題」を尋ね、茶屋四郎次郎は京で評判になっている新しい料理法として、「鯛を榧《かや》の油で揚げ、その上におおにら、らっきょうをすりかけて食べるのが美味しい」と紹介する。

その話を聞いた家康は、たまたま久能城代の榊原氏から鯛が届けられていたこともあって、鯛をそのように調理せよと命じたという。そのおいしさに家康は日頃の節制を忘れ、大鯛二枚、甘鯛（興津鯛）三枚を食べ、その後腹痛に苦しんだという。

田中城は寛永一〇（一六三三）年以降、松平氏、水野氏、北条氏によって封じられた後、享保一五（一七三〇）年より明治維新まで本多正矩によっておさめられた。

明治元年、田中城は駿河国に転封となった徳川本家（静岡藩）の支配地となり、のちに廃城となる。廃城となった城は、売却や解体が行なわれ、城跡と建物、二階建ての櫓が、元旗本であった瑛子や琴の祖父に払い下げられたのだった。

祖父はそこを住居として使うようになった。しかし、次第に建物を維持する財力を失い、それらの建物を手放して、一家は街道筋の屋敷に移り住む。移り住んだ屋敷はそれなりに広く、何軒かの借家ももってはいたが、琴が女学校に入る頃にはそれも一軒ずつ手放していったという。瑛子と琴は、東海道に面したその住居から女学校に通い、卒業したのだった。

瑛子は女学校を卒業後、妹である琴の女学校生活の保障をするべく、また、お家の再興も願って、親の反対を押し切る形で、その頃では珍しい職業婦人になったのだった。その後、東京日日新聞の記者であった茂と結婚。男の子二人、女の子一人の母親として、充実した生活を送っていた。

ところが、一九四〇年七月末、夫が心臓発作で死亡してしまったのだった。

葬儀の準備には、結核で闘病中であった琴の夫、将之も駆けつけた。

遺体となってしまった義兄の手に手を添えたまま動かない将之。瑛子も、妹夫妻が駆け付けたことで、初めて泣くことができた。瑛子を支える琴の頬にも涙が流れる。

今でいう過労死であった。瑛子によると、茂はほとんど寝る時間もないほどの記者生活であったという。その年は、戦争の足音が忍び寄っていた激動の年でもあった。

「いつ家を出たのか、いつ家に戻ったのか、妻の私でさえもわからないほどだった……」

「そうだったのね。なにが起きてもおかしくない世情だもの……」

瑛子の膝に手を置いたままの琴が答えた。妹の温かさに身を委ね、瑛子は嗚咽した。

「……」

「……」

沈黙にある二人の元へ、人々が焼香をあげに、ちらほらと訪れ始めた。将之はそれを見計らって、

「僕のような人間がいてはならないだろう」と、涙を隠しながら、その場を去ったのだった。将之は葬儀が終わった頃、再び二人を手伝いに戻ってきた。

その将之も、義兄の茂の後を追うように、同じ年の年末に病死したのだった。こうして、瑛子、琴の姉妹は、同じ年に未亡人となってしまった。

夫を失った瑛子は、三歳の貴子、五歳の敬之、七歳の久志を連れて、老舗の日本料理店を営んでいた愛知県の夫の生家に移り住んだのだった。名の通った老舗で、瑛子たちは料理店の裏近くにある建物に住み、時折、店の裏方的な手伝いをすることもあったという。瑛子たちはその後、ふたたび静岡市へ移るが、そこで静岡大空襲に遭遇し、同じ静岡県内の岡部町にある叔父宅に滞在した。

瑛子たちが生まれ故郷に戻ったのは、終戦後のことであった。

かつては周囲からは「お城の人」と呼ばれていた瑛子たちである。その跡取りの帰還であった。貸家とはいえ、門塀付きの家を提供する人もいたのだった。

年月が過ぎ、子どもたちもそれぞれ自立した頃、瑛子は元大名家の跡取りと再婚するが、しばらく

して離婚。元の姓に戻った。

妹の琴は、のちに「大正末期から昭和初期について」「戦中・戦後――自分史風追憶」という、戦中から戦後の慌ただしい時代を切り取ったエッセイを残していた。次の文もその一つであった。

……世界恐慌のあおりが尾を引いて不況がひどく、就職口もなく先の見通しもないのに、多くの人達は東京へ東京へと流れていきました……（略）。

孤児院の子どもが、よく筆売りに来ました。母たちは気の毒だと言ってよく買ってやりました。それを見ていた私は、母や祖母に何かねだる時、「世は情け、助けられたり助けたり」と大人の言いぐさを真似て叱られました。

朝鮮の人たちもたくさん居ました。「朝鮮飴、朝鮮飴」と言いながら飴を売り歩いている人もいました。筆の太さ、十センチほどの長さの「引き飴」です。体の大きな朴さんは商売が下手で売れないので、いつも夕方になるとやって来て母や祖母に買ってもらっていました。

母はこの朴さんに対して就職の世話をしたり、結婚した時にはお祝いに台所用具を贈ったりしていました。だから、朴さんは度々家に遊びに来ていました……（略）大正末期から昭和にかけての私の思い出です……（略）。

その後、田中城の本丸及び二の丸跡には市立小学校が、三の丸の跡には市立中学校が建った。遺構の保存状態は良いとは言えないが、水堀及び土塁は一部残っている。また、不浄門は旭傳院山門に、村郷蔵は長楽寺に、それぞれ移築され現存している。田中城は昭和六〇年に市に寄贈されたが、六二年に保存整備事業が始まった頃には、一族はすでにこの地を去っていた。

二　瑛子は瑛子の道を

瑛子が女学校卒業後、自宅から通える電力会社支所に勤務し、職業婦人となった頃に時を戻そう。余談になるが、その頃の瑛子と琴は、その美しさを「姉は大輪の菊の花のように華やかな美人であり」、「妹は小菊のように可憐である」と評されていた。

姉の瑛子や祖父について、琴は前述の「戦中・戦後――自分史風追憶」に書き記していた。

……七つ上の姉は当時としては珍しく、中部電力に勤めていました。読書好きで、家に帰ると本ばかり読んでいました。私には自慢の姉でした。姉はその頃、「シャドリズム」という同人雑誌を出していました。その同人の人たちがよく私の家に集まりました。私はこの集まりの中でハムエッグというようなハイカラな言葉を知りました。

いくら自由と言っても母は心配だったのでしょう。私を姉のお供につけて出かけさせました。つまり私は姉の「ナフタリン役」を務めながら、映画を観させてもらったわけです。それ故、焼津まで行き、港座の封切りはほとんど観たように思います。

……祖父は大変気むずかしく、侍女付き、あるいは乳母付きで輿入れしてきた嫁は数えると数人になったそうです。輿入れしてきた嫁を二、三ヶ月前後で実家に戻してしまったそうです。

「身分が低ければ、がまんしてくれるだろう」ということで、江戸時代から続く医家の娘を嫁にしたのだそうです。祖父は一目で気に入ったそうで、それは仲むつましい二人であったとのことです……（略）。

瑛子は映画同好会に入り、『シャドリズム』や、針谷はるを発行の『女群行進』にも参加していた。ナップ（無産者芸術連盟）静岡支部が、中央から秋田雨雀、林房雄、鹿地亘などを迎え、葵文庫を会場として開催した文芸講演会でも積極的に活動していたという。

類型的でセンチメンタルな詩歌の多かった文学少女の中にあって、瑛子の詩は社会に対して開かれた目をもっているとして評価をされていた。そのうちの一つが「妹に」であった。

妹に

兵隊は誰に銃をつきつけるのか
兵隊は誰に向かって戦争をしかけるのか
先生は元気な息づかいで

はっきり教えたろう
国をあげて支那へ向かへと……
けれど妹よ
底しれない野望のいけにえに　あげられて
むざんに殺されたことを、しっかりと私達の
心臓にきざみこんで
兄さんも父さんもただの兵卒であったことを忘れてはならない
戦争が誰のための人殺しをしあうのか、私達は戦場へふみ入れる前に
それを見究めなければならない

たつたつと横ばしる素足の戦士
あたるものをなぎたおし
火ばなするかたがわにひめた
慈母のおもかげ

神があるか
死がなんだ

一切を空に
ただ
おろがみた、えたいこゝろ

ところで、瑛子と茂の出会いは、不思議な巡り合わせであった。東京日日新聞の記者であった茂が、当時では珍しかった映画同好会を取材した際に、取材に応じたのが瑛子であったのだ。取材に疲れた瑛子が、駿府城近くのカフェで一人休んでいるところに、偶然、一息つこうとした茂も立ち寄ったのだという。

二人は驚きつつも、古くからの知人であったかのように言葉を交わしたのだった。瑛子は文学の集まりでも、控えめではあるがリーダーシップを発揮する人間であった。後からわかったことではあるが、そのような瑛子にとって、老舗の日本料理店の次男に生まれた茂は大らかで話しやすかったのだ。

「ご一緒してよろしいですか」
「ええ、この席でよろしければ」
「取材させていただいた日に、また、お会いするとは」
「偶然が重なれば、必然かもしれませんね」
「では、必然とさせていただき、ご一緒に」

茂が昭和初期発行の『女群行進』に参加している詩人たちを取材した席にも瑛子がいた。そして、その日の夕暮れ時、茂が駿府城近くのカフェで休憩をとろうと座ったテーブルの近くで、またも偶然、瑛子が本を読んでいたのだ。

二人は偶然に驚きながらも、同じ席についた。

「取材の時にいただいた詩を含めて、いずれ記事にさせてください」

と、茂がカバンから取り出したのは、瑛子の書いた詩であった。長谷川時雨が主宰する文芸・総合雑誌『女人芸術』には、瑛子の書いた詩が掲載されていた。

「まあ」

驚く瑛子に、

「黙読ではなくて味わいたくなる詩ですね。取材の後も、僕はこの詩を小声で、朗読してみたのです。今、また朗読しても良いでしょうか」

と、茂が問うた。瑛子はうなずき、自身の詩に耳を傾けた。

　　太陽をうたふ

ゆうめいな境をけやぶって
馳せるどえらいうぶ聲
日輪のたんじょうだ

真紅に真紅にせん光する
わかものの意気におどる
真冬の中を
たつたつと横ばしる素足の戦士
あたるものをなぎたおし
火ばなするかたがわにひめた
慈母のおもかげ

神があるか
死がなんだ
一切を空に
ただ
おろがみたゝえたいこゝろ

瑛子は、『女群行進』に参加するようになった経緯や、茂が朗読した詩にこめた想いを話した。話は弾み、気がつけば夕暮れ近くになっていた。

「食事でもいかがですか」

席を立つ茂。

夕暮れとはいえ、外はまだ明るかった。散歩をする人たちに交じって、兵士らしき青年が娘と食事できる店を探していたりして、通りは賑やかであった。

入った食堂で、茂は川魚料理を注文した。そこで、茂は実家が川魚料理専門の老舗の料理店であると自己紹介した。

「川魚料理を前にして自己紹介できるなんて奇遇です」

恥ずかしそうにしながらも、茂の瞳は輝いていた。

「川魚のお料理をいただくのって、初めてで」

と、味わっている瑛子。

「いかがですか」

茂が、瑛子をじっと見つめた。

「おいしいお味。おいしく、いただけますね」

瑛子の感想に安堵する茂だった。その様子に、瑛子も微笑んだ。

この日を機に、二人は時間を見つけてはお堀端を中心に散歩し、最後にはレストランに寄るようになった。散策しながら語りあう政治情勢やその分析は他人に聞かれることもなく、安心して語り合えた。

そしてその後、自然な成り行きで二人は結婚したのだった。瑛子が長女であったため、婿養子を迎える形での結婚となった。

三　茂の生きた時代――開戦直前にあって

幸せな結婚生活ではあったが、息子二人、娘一人の母親になった瑛子は、時間的にも文学の集まりに参加する余裕がなくなっていった。

新聞記者の茂も、昭和一五年を前にした頃から、東京を含めて世情不安を背景にした事件が増えていき、不眠不休状態にあった。生活必需品の配給制度も始まったこの年は、日本にとって激動の一年であった。

新聞記者として無理のたたった茂は七月の末日、心臓マヒで急死。享年三三歳であった。「不眠不休」の文字だけでは、一人の新聞記者が過労死するほどの情勢の緊迫を実感しにくいかもしれない。政治社会的な出来事に限定しただけでも、この年には次のような変動があった。

一月七日、阿部信行内閣不信任署名賛成議員、各会派合わせて二七六名に達する
一月一四日、阿部信行内閣総辞職
二月一日、第七五回帝国議会再開
四月九日、ナチス・ドイツ、デンマーク、ノルウエー両国に最後通牒

五月一五日、オランダ、ドイツに降伏
五月二八日、ベルギー、ドイツに降伏
六月一〇日、イタリアが、イギリス、フランスに宣戦布告
六月二四日、近衛文麿、枢密院議長を辞任
七月七日、七・七禁令、「ぜいたくは敵だ」
七月一四日、近衛文麿内閣樹立運動の活発化、社会大衆党解党
七月一六日、米内内閣、総辞職
七月二二日、近衛文麿内閣成立、陸相に東条英機
九月二七日、日独伊三国同盟締結
以降（略）

この年はちょうど、日本が戦争への道を歩み始めた頃でもあった。茂の心身の緊張はいかほどであったことか。茂だけでなく、病に倒れ、あるいは死亡したマスコミ関係者は多かったのではないだろうか。

余談ではあるが、この年の前年、アメリカでは小説『怒りの葡萄』が発表され、映画も上映されていた。

『怒りの葡萄』は、一九三〇年代のアメリカ中部のダストボール（砂嵐）から始まる物語であった。

砂嵐の原因は、資本家たちが草原だった土地を広大な農地に開拓したことにあった。砂嵐によって土地と家族を失った小作農一家が、容赦なく進む近代化、過剰な経済主義に翻弄されながら、生き抜こうとするといった筋書きだった。

映画は、ニューディール政策の側にたって、アメリカ農民の詩を謳うジョン・フォード監督によって制作された。日本では言論統制が強まっていくこの年に、アメリカでは、『怒りの葡萄』が出版され、翌年には映画化していた。

四　故郷への道

先述の通り、茂を亡くした瑛子と三人の子どもたちは、茂の実家のある愛知県にしばらく滞在した後、静岡市へと移った。ちょうどこの頃、静岡市街は頻繁に爆撃を受けており、瑛子たちも静岡大空襲を経験することになる。

静岡大空襲は、一九四五年六月一九日深夜から未明にかけての、B－29一三七機による三時間あまりの爆撃であった。投下された焼夷弾は一万一一二一発、死者は一九五二名、消失戸数は二万六八九一戸にものぼった。この大空襲を含めて、旧静岡市は終戦までに合計二六回の空襲を受けたのだった。

静岡大空襲のあった深夜、三人の子どもを連れた瑛子は、火の海となった静岡市を離れて、生まれ故郷である藤枝まで歩こうと考えた。

「久志、敬之。がんばって歩いてね」

「うん」

うなずく二人の息子。

「貴子も、ね」

「……」

母親の手を強く握りしめる貴子だった。

「お母さんは貴子の手を。久志、敬之。お母さんとはぐれないようにね」

こうして瑛子たちは安倍川に向かった。街も橋も熱風に巻かれ、火の海を逃れようとした人々が安倍川に浸かって、溺れ、流されていく。まさに地獄絵図そのものであった。

幼い貴子を含めた子ども三人を連れての、徒歩での逃避行は想像を絶するつらさであった。とはいえ、その後の静岡への度重なる空襲を考えれば、瑛子が生まれ故郷の地まで歩こうとしたのは大英断であった。

安倍川の橋を渡れば、あとは宇津ノ谷峠のトンネルまで行き着けばなんとかなる。

「このトンネルを出れば、もう大丈夫だから、ね」

と、子どもたちに告げながら、瑛子は自分自身を励ましていた。

こうして、瑛子たちが叔父宅までたどり着けたのは、奇跡に近かった。

内科医の従兄弟は軍医として、もう一人の従兄弟も獣医として出征中であった。留守を預かっている大叔父は、老いてはいたが医者として、出来うる限りの務めを果たしていた。

大叔父は、瑛子母子の無事を喜んでくれた。

「ところで、琴たちは？」

「沼津も断続的に爆弾は落とされているようですけど。いざとなれば、婚家のある隣町に逃げるのでは。それにしても今、どうしているのか……」

瑛子は、静岡大空襲のなかで目撃してきた燃え上がる街や炎の中を逃げ惑う人々、安倍川の流れに浮かぶ人の姿や頭を思い出しながら、妹たちを思い、無事を祈るのだった。

「無事を願うしかない」

大叔父の声もふるえていた。

こうして瑛子たちはしばらく叔父宅に滞在し、終戦後、住む家などの目処がついたところで、生まれ育った街に移ることができたのだった。

五　瑛子が残した詩

叔母の瑛子が逝ってから二十数年後、姪の月子が偶然、叔母の残した詩を発見したのだった。『太陽詩人』昭和四年四月号に掲載されていたものだった。

断想

一

女らしくと云ふ
世間のことばをふみこえるのだ
ガタビシになった親子四人の明日の生命をせおって
女らしい弱むしでゐられるものか
明日のお米がないときに
親がうんうん苦しんでいるときに
十銭のお金もないみじめさを
どんなりくつに
ひつちあげようとするのだ
働いても働いてもたりない生活
へこたれるものか
女らしく強ひつける
お前なんかとびこえ
私はたたかふ
たたかわずにはいられないのだ

二

こんなにもたくさんゐるひとが
何をしたか
一体なにをしようとしてゐるのか
自分で
自分をごまかして
甘やかされて
いゝ気にうわついているなんて
こんな奴等
があんと頭をなぐつてやるといいのだ

三

冬の様に一本気な
わかものが飛びだして
ぴょろぴょろの詩人なんか
一といきに

吹きとばすといいなあ
俺は百姓だぞい　と
大聲で土の詩をなげつける
どすぐろい
土の匂ひのぷんぷんする
手をひろげて
太陽に叫びあげてゆけ
工場人であるほこりを
ずぶとくうたひあげろ

中間階級に　ぶるさがって
百姓にも労働者にも
なりきれないいくじなしの
面前へ
そのすばらしい實体を投げつけてくれ

四

心にふれてくるもの一切を
そのまま片ばしから
怒りに、感激にばくはつさせてゆく
私のうたふことが
一の立場をかたちずくらうと
一の主義に見られようと
私はありのまゝを
自由にうたひつゞけてゆくばかりだ

徐々に文学の集まりに参加することのなくなった瑛子は、一人思いを詩にすることはあっても、外に発表することはなかった。次の詩は、その頃のものであろう。

遠いひと

があべらの花が咲いた日
思い出したのは
あなたのこと
お花を持っておたずねした日

あなたのふかい微笑でした
遠いひとによせる
かなしい祈りを
ほっそりした
一片ひとひらの
唇に秘めて
朝の空をきり
ひるの銀線をうけて
夕は　ひっそりと眉をふせて
嬉しさにふるえ
恋しさにふるえ
悲しみにふるえ
もう、わたしがお花に
なってしまいそう

第五章
戦火を生き延びて

一　沼津大空襲

琴が沼津大空襲を体験したのは三〇歳直前、月子は五歳直前の時であった。

幼い当時の経験を、月子は中学生の頃に「空」と題した作文に書いていた。その作文が載った文集を、琴が彼方の世界に去って数年が過ぎた頃、ようやく母親の諸々を整理する気持ちになれた月子が見つけたのだった。

戦火の中を、私はこのようにして生き延びたのだと思いだした月子は、後日、娘の薫子とカンナに「読んでみる?」と文集を見せた。

「沼津大空襲のことを書いたお母さんの作文?　ずっと昔の文集が残っていたなんて。すごーい!」

「おばあちゃまがとっておいてくれたのよね」

驚き、歓声をあげる二人の娘に、月子は自身の涙を悟られまいとして説明した。

「持ち物を整理していて見つけたの」

「おばあちゃまの?」

「ええ。何十年もの間、取っておいてくれていたなんて知らなかったわ」

「そういう人だと思う。おばあちゃまって」

カンナも涙声である。

「それにしても、お母さんが中学生の頃の作文だなんて」

月子は娘たちの会話を聞きながら、母は、沼津大空襲の時のことを綴った作文が載っている文集だったから、保存しておいてくれたのだと思った。

「お父さんはこの文集のこと知っていた？」

カンナは文集のページをめくっている母親の手元を見ながら、父親の匠に声をかけた。

「いいや、知らなかった。みんなで読もう」

「読み上げるのを聞いているより、それぞれが読んだ方がいいと思わない？」

カンナの提案に、薫子もうなずいた。

空

夕焼けの空は私の追憶を新たにする。空はいつも明るいとは決まっていない。それは、夕焼けのように燃えている真っ赤な空だった。私は沼津で空襲にあった。その時、初めて死というものを知るようになった。

八月で暑かったから二階で母と弟と寝ていた、夜だった。

ふいに近所のおじさんが、

「おうい、川口に落ちたぞう」

と、ものすごい形相でいった。

そして、そこらの家にあわててとんでいった。

母はとび起きて、私に大変だとせきたてた。母はお便所の横から乳母車を出して、食物をつめた。蚊帳は上にのせた。

衣類は二度に分けて母の故郷へ送ったので、何も持たなかった。二度目は沼津駅にあって焼けてしまったが。

私は、真暗な中でてきぱきと物を運んでいく母をぼんやりと見ながら、逃げることばかり考えていた。弟は恐ろしさを知らないで、母の背中で打ち興じていた。なにしろ二歳だったのだから。

私は早く逃げたいとあせっていながら、母に手をとられ、ひっぱられるまで、つったっていた。

すでに浜から川口あたりが燃え、空は真赤く染まっていた。

そこに、青い顔をしたおばさんがはいってきた。

「どうしたんですか」とたずねる母も、目だけは川口の方に向け、火の方向をたしかめようとしていた。

「子どもと寝ていた所に火の玉がとんできて……見ているまに焼け死んでしまった」

おばさんはいくらか落ち着いてきたようだが、口のふるえはとまっていなかった。

「あのう、この子を少しみていて下さい」

母は弟をおばさんに預け、家に入っていく。母には、警戒警報のサイレンが鳴り出すとお便所に行きたくなるという変なくせがあった。

「ああ、火がまわってきた」おばさんは逃げようと私の手をひき、家の中の母に向かって「橋の方へ行っているよう」と行く方向をつげた。

馬のやける臭いで、あたりを見まわすと、どの建物も赤い布でまるめられていた。アスファルトに並ぶ水槽で防空頭巾を水にひたしてはかぶった。

後ろで悲痛な叫び声がする。

ふり返ると髪の毛に火がうつって、あばれている女がいる。

頭がゆがみ、手足をバタつかせ、火の悪魔が乱舞しているようだった。しかし、女も男も老人も子どもも、横をむいて通りすぎてしまう。そばには一つの水槽もなく、どうすることもできない。

その女の飼い犬がワンワンと悲しい声で助けを求めているだけだった。その鳴き声も次第に消えていった。

肉の焼けるようなにおい、赤い灰、白い灰が私をつつんでいる。その中をぼんやりと歩いた。せきたてるおばさんの声も、耳に入らなかった。

茶色く焼けた蒲団をかぶった母がおいついてきた。おばさんに頭を幾回もさげて、私の手をひいた。すべて無言だった。

母がきたら、よけいに恐ろしさが強くなった。

「死にたいよう」と泣く私を、母はじっと見つめている。

川向こうから吹いてくるあつい風といっしょにへんなものが顔に、ベッタリとはりつく。橋をどうわたったか覚えていない。やっと、畑や小川のある郊外にきた。さまざまの色がいりみだれて燃えていく街を、弟は手を打ってよろこんでいる。まわりの、芋の葉がいやにつめたく感じられる。

「ああ、空が赤くなってきた、にげて!」と、母は山に向かって走りだした。私も芋のつるに、つまずきながら後を追った。今いた所から、少しでも遠くに、遠くに、と走った。後をみずに。ようやく敵機から逃げることができた。かすかに敵機の遠ざかっていく爆音をききながら、燃えつくされていく街をみていた。

小川には沢山の人が首をだしていた。山のふもとまで、にげられた人たちは倒れるようにベッタリとすわって、どの顔も、無事ににげられた喜びと安心をあらわしていた。座り込んだ人々に体をなすりつけてくるきたない犬がいたが、よける人はいない。

リヤカーやふとんや荷物が道路にころがっている。

母と共に小川にとびこんだ私は、ころげるような炎のなかにいたため急に寒くなった。母の着物を首にあてたりしたが、つめたくひえているので、なんの効果もない。

そばにいた、宿屋の人らしい女の人が

「私のところにおいで」

と、ふとんの中にいれてくれた。

あたたかい。女の人の体温が私をあたためてくれる。このまま、この手の中で、ねむってしまいたい。

「月子、下駄はどうしたの」と母がたずねた。

「……」芋のつるにつまずいた時にぬいでしまったみたいと思った。おばさんがいなくなったのも気がつかなかった。

あつく、やけた道を、はだしで歩くことはできないので、さがしにいくことにした。私は、母がお礼をする前に、真正面からあたたかい布団をかぶせてくれた女の人の顔をみた。長くてやさしそうな目、愛きょうのあるまるい鼻がとりわけ目立った。ニュッと笑って手をふってくれた。

道路の所々に穴があいていたが、爆発していないとあぶないから、中を見なかった。初めに休んだ所は大きな穴があいていた。おばさんは、たぶん、ここで死んだのだと思った。下駄はどこをさがしても見あたらなかった。浜にいけば知人にでも会うかもしれないと思い、浜にいったが、誰にも会わなかった。

トタンがかぶせてある何かが、松の根元においてあった。そばにいた人にたずねると、

「仏様です」

と答えてくれた。

いわしの丸干しをやいたような屍体だった。らっきょのように、とがった頭の毛。私はしばらく、めざしをたべなかった。もんぺに、えんじのたびをはいていた。ハンドバックの口金だけが

のこっていた。近所の人という女の人二人がリヤカーでつれていった。後から男の子がきて、

「この辺で、ハンドバックを持って死んでいた女の人を知りませんか。かすりのもんぺんをはいています」とたずねた。

「それじゃ、ここにあったあの仏様があんたのお母さんだよ」

と一人の老人が説明をしていた。

男の子は眼をふせ爪をかんで聞いていた。そして、だまって松原を出て行った。

電車通りの家に帰ってみると、となりのおじさんが、私の家のトタンとバケツを持っていこうとしていた。声をかけると、しらんふりをしていってしまった。

「あの人が」と母はため息をついた。

人には親切で好かれていたし、ままごとをしていると、きれいな花や草を持ってきてくれたりした。信用していた人なので、よけいになさけなかった。

私たちは近所の人々と相談した後、となり町の父の実家に行くことにした。台所の赤くやけた水道をいつまでもふり返っては見た。乳母車をひいて歩き出した頃、大粒の雨が私たちをたたきつけ始めた。

二　「生きる」を思う

「空」の作文は、カンナから姉の薫子に。読み終わった薫子から匠に。そして、匠から月子へと戻ってきた。

「お母さんは五歳頃なのに、こんなにも覚えているのね」

カンナが声をつまらせた。

中学生になってから詳細に作文に綴るほどの恐怖体験だったのだ、と月子もあらためて思うのだった。

薫子とカンナが読み上げる作文の続きを、目を閉じて聞き入っている匠。そんな三人を見ながら、月子は「そういえば……」と火の海と化した街を思い出して、身も心もふるえるのだった。

空襲、爆撃の怖さ、おぞましさ。戦争を知らない世代にどう伝えればよいのだろうか。

月子は、自身が経験した沼津大空襲について、沼津市史などを参考に調べてみたことがあった。沼津大空襲は米軍のB－29爆撃機一二〇機による大規模な焼夷弾爆撃であった。投下された焼夷弾の数は九〇八〇個。死者は二七四人、重軽傷者は五〇五人。九二二八戸の住宅が全焼し、市内は焦土と化した。

作文では触れていなかったが、月子の手を引いて逃げてくれたおばさんは爆撃機に直撃されたのだと、月子はあらためて思った。

「私たち親子が焼夷弾の降る中を生き延びることができたのは奇跡だったのね。今でも思い出すのよ……」

「何を？」

黙ってしまった母親を見つめて問う、薫子の声は低かった。

「どう話したらよいのか……」

「無理なことを聞いてしまってごめんなさい」

「……」

月子は謝る娘に、どのように話したら良いのか。難しかった。

別の日だった。月子は弟の登家族と夕食を共にした後、終戦記念日を特集したテレビ番組を見ながら、弟の登と、あの空襲や自身の葛藤について話していた。

「戦争の知識ではなく、体験をどのように話すのか、なのよね。凍つくような恐怖を話すのって、つらいけど……」

登はうなずいた。

「僕は、赤いのが火なのか、炎なのかもわからないけど、わからないながらに覚えているんだ。その程度の空襲の記憶でしかないが、終戦後、少し経ってからの記憶はある」

終戦直後、月子たち一家は琴の生まれ故郷に戻ったが、すでに琴の両親もお信おばさまも亡くなっていて、生家も人手に渡って住む家もなかった。故郷のなかを転々と引越すこととなったが、学校が二つしかない街だったので転校生にならずに済んだのは幸いであった。

もちろん、一家の貧しさには変わりなかった。月子は弟の登が、母にも月子にも内緒で、近所のみかん工場の手伝いをしていたのを、今でも思い出す。

「みかん工場の手伝いをして、おみかんをもらってきてくれたのは、登が小学一年生になる前頃だったでしょ？　覚えている？」

「うん、自分にできることはそれしかなかったから」

気づけば、登の娘たち、梓とみず希も、月子たちの話に耳を傾けていた。

「小学一年生にもならないお父さんがみかん工場で働いたの？」

信じられないという、みず稀の問いだった。

「腹がへっているというより、おふくろを助けたかったし、な」

「私も、お母さんを助けたくて、お勝手の洗いものでも何でもしていたけど、働くなんて思いつかなかった」

「姉貴は本ばかり読んでいたからな」

「私ね、登が両手におみかんを抱えていた姿を見て、『たったこれだけ？　一生懸命に手伝ったのに』って思ったの。そういうことって、芋づるのように思い出してくるのよね」

立派に育った弟の子どもたちを見ながら、月子は、「登はあの頃から逞しかったのだ」と思った。

登一家が帰った次の日、遅いランチ後のコーヒーを飲みながら、月子と匠、そして二人の娘たちは、ふたたび戦争体験の話をした。

「私が覚えているのは、富士の裾野でグラマン機にねらわれた時のこととか、沼津大空襲の時でのこととか。だけど心底怖かったのに、記憶は映画の映像のようでもあって……、でも、燃える火の中をどのように逃げたのかについては、鮮明に覚えているのよね」

富士の裾野でグラマン機にねらわれた時の記憶の扉は、何十年と経った今でも、ふとしたきっかけで開くのだった。母子をねらうグラマン機、笑っているパイロットの目。後から知ったことではあるが、日本の零戦の対戦機であったグラマンF6Fのパイロットたちは、爆撃を終えた帰路、狩りをするような遊び感覚で人を殺していたということだった。

「それにしても、遊び感覚で人を殺すなんて」

やるせない気持ちで呟く月子に、

「日本軍も、人を殺すことに慣れさせるために、アジアで初年兵に銃剣練習と称して、住民を刺し殺させたそうだ」

と、匠。何というおぞましさであろう。皆、黙ったままだった。

「あなたはやっぱり、学徒動員の経験……？」

そう問いかけながら、戦死した学友たち、行方不明のままの長兄の死について語るのはつらいことかもしれないと思った月子は、

「体験を話すのって、きついでしょうけど」

と付け加えた。

「通信兵として。内地だったのは幸いだったが、親しかった学友の多くが外地で戦死した。僕は生き残った者として……」と、匠は黙ってしまった。「生き残った者として」の意味の重さに、皆、黙ったままだった。

「記憶は現実なのだ」

匠が言葉を繋いだ。月子は、匠にとって、それ以上を語るのはつらすぎるにちがいないと思って、自身の経験に話をもっていった。

「戦後、私たちは母の生まれ故郷に戻ったんだけど、思想犯だった男性と結婚した未亡人に住む家を提供してくれる人はいなかったのよね」

「誰も？」

「ええ。母の女学校時代の友だちが、台所脇の外にあった小部屋のようなところを貸してくれたけど、トイレもなく、夜が明けるのを待って屋内のトイレに駆け込むつらさ。今思うと、まるで難民のようだった。

死と同じに語るわけにはいかないと思うけど、住む家もなく、転々とした小学生の頃の惨めさも。戦後の沢山の子どもたちが経験した苦難だったのよね。今思えば……」

月子は話しているうちに、トイレを我慢できずに小川にお小水をしたことも思い出した。その姿を近所の人間に見られていたのを、小学生になってから知ったのだった。そのことで男の子たちからかわれ、「死んでしまいたい」と思うほど恥ずかしかったことも思い出した。

「そのような体験をどう話すか。僕で言えば、学徒動員の時の諸々を含めてだが、学友の死や、満州で捕虜になったまま生死不明の兄のことを、どう話すか……」

「東京外語大学の助手をしていたという一番上のお兄さんのこと？　ロシア語が専門の」

薫子が尋ねた。匠は、四人兄弟の末っ子であった。

しばらくの沈黙の後、匠が話し出した。

「戦争が終わって、かなりの年月が経った頃だった。シベリアの捕虜収容所で長兄を見たという人が訪ねてきてくれて、長兄が収容所の床に直に寝かされていて、そのまま息を引きとったのではないかと思う、と話してくれた」

「酷寒のシベリアで……」

絶句する月子の呟きに、娘たちも心の中でうなずいていた。

「戦争の実態を話すこと、伝えること。君も僕もそういう世代なんだ」

「ええ」

そういえば、薫子が小学校高学年の頃、月子は「もんぺ」について質問されたことがあった。

「作業服の一つで、和服の袴のような形をしたズボンのことを、そう呼んでいたの」と説明したが、薫子はイメージするのが難しいようであった。そこで月子は、本に書かれた絵図を見せながら、「こんな風に、着物の袴に手を加えているような感じ」と説明した。

時代は確実に変化していて、戦争を知らない世代にとって、戦争に関する諸々をイメージするのは難しいのだと、実感したのだった。

空襲や爆撃をイメージする方が、まだ易しいかもしれない。それでも、薫子やカンナ、姪たちに、焼け野原になってしまった、あの悲惨な街をイメージすることはできるだろうか。

そう考えながら月子は、生き延びた者として事実を話すことはもちろん、小説を含めた読み物も大事にしたい、と思った。

「小説?」

と、カンナ。

「ええ、うちの本棚にもたくさんあるでしょう。たとえば、第一次世界大戦を描いたイギリスの『ヒルクレストの娘たち』の四部作や、第二次世大戦を描いたアウシュビッツからのメッセージでもある『ハンナのかばん』や『彼の名はヤン』とか。『彼の名はヤン』は、第二次大戦末期のドイツ人少女と強制連行されてきていたポーランド人青年とが出会う話なの。ヒットラー・ユーゲントに入団した三人の少年の話である『ぼくたちもそこにいた』とか」

「日本の本はないの?」

「加藤多一の『原野にとぶ橇』、『孫たちへの証言』とか……。本を持ってくるわね」

月子はそう言って部屋を出て行った。

「お母さん、本をたくさん抱えてくるつもりよ。手伝ったほうがいいかしら？」

カンナが、すぐに月子の後を追った。

絵本も多数あった。映画にもなった『母と暮せば』は、娘たちも知っていた。グリム童話『ミリー』の表紙に惹かれたカンナは、それをすぐに読み終わって、薫子に手渡した。

「グリムも戦争についての童話を？」

驚く薫子に、月子が内容を説明した。

「母親が、たったひとり残された娘の命を戦争から守るために、その子を森の奥へと逃がすの。幼い娘が森のなかで聖ヨセフに出会い、三日のあいだ共に暮らして母親のもとに戻ると、元の世界では三〇年たっていたのね。喜びの再会をはたした母娘はその夜のうちに幸せな永遠の眠りにつく、という物語なの」

「童話のはずなのに、実際の話のように心の響くわね」

カンナの感想に、薫子もうなずいていた。

「戦争が終わった後、生き残ることができた母親は森に逃がした娘のミリーを探したはずよね」

「ええ……、探し出せなかった母親の悲しみ、絶望。つらかったでしょうね」

「この絵本を描いたセンダックが仕事をしているあいだ、背後にはマーラー、ハイドンやモーツアルトたちの音楽が響いていた、と『あとがき』に書いてあるわ。この物語は、戦争に代表される人間の悪と、母と子の愛と無垢な善と、永遠の生としての死を表現しているのですって」

「永遠の生？」

目を閉じて聞いていたカンナが、呟くように問う。

「ええ。永遠の生という死について、どう考えるのか……」

薫子も、うなずきつつ黙ってしまった。

「……」

匠も静かに聞き入っている。

月子はそれぞれの沈黙の意味を感じながら、コーヒーカップを片付け始めた。そうして、それぞれがそれぞれの思いを胸に席を立ったのだった。

三　伝えたい、自らの体験を

子ども二人を抱えて故郷に戻った琴であったが、「非国民」だった男性と結婚した彼女に、家を提供してくれる人はいなかった。新しい憲法のもとで民主的な国となったとはいえ、国民の意識がすぐに変わるわけではなかったのだ。

しばらくして、せまい家屋の玄関先を提供してくれる人が現れた。門付き・庭付きの家屋を提供された、同じく故郷に戻って来た瑛子たち親子に比べれば扱いの差は明らかであったが、場所を提供してくれる人がいたこと自体、治安維持法下の社会との大きなちがいではあった。

琴たち親子は、ある時は外便所に続く二畳もない板の間で、またある時は六畳と三畳の二間続きの長屋に住む人が善意で提供してくれた三畳間で暮らした。

その長屋の路地裏で、月子は男の子たちに囲まれて下着を脱がされそうになったこともあった。助けてくれたのは、通りかかった年長の女の子たちだった。

一家が、他人にのぞきこまれることのない部屋に移れたのは、月子が小学校の三年生の時だった。低い天井の暗い屋根裏の部屋ではあったが、ようやく、空襲で焼け出されて以来の流浪の旅が終わったのだった。

その後、一軒家に住めるようになったのは、月子が中学生になる少し前だった。玄関に台所、廊下に押入れ、小さな小さな庭もあった。そのような場所に住める安心感、開放感は夢のようだった。

琴の部屋は二間続きの広い方の部屋。狭い方の部屋には本箱も置かれていた。並べられた大量の書物には、日本の作品もあったが、その多くはフランスやロシアの小説や詩集などであった。

覚えているだけでも、ルイ・アラゴンの『フランスの起床ラッパ』、ジッドの『狭き門』、トルストイの『戦争と平和』、『アンナ・カレーニナ』、ドストエフスキーの『罪と罰』、ゴーゴリの『外套』、イプセンの『人形の家』など。

中学生だった頃の月子は、ヘルマン・ヘッセの『デーミアン』や『車輪の下』、モンゴメリーの『赤毛のアン』を何度も何度も繰り返し読んでいた。『罪と罰』、『狭き門』、『阿Q正伝』など、途中ギブアップしてしまった本もあった。

瑛子たち一家といえば、落ち着いた住宅街にある当時では珍しい木造三階建ての家屋が提供されていた。

門から玄関までは二、三歩程度であったが、玄関から続く前廊下の先に二部屋あり、その隣は床の間付きの和室で、瑛子の居室となっていた。和室から庭に出ることもできた。庭には樹林以外に大きなアロエがあった。月子はそこで、アロエが薬草でもあり、「医者いらず」とも呼ばれているのを知ったのだった。

台所も広々としており、入浴したことがないので、浴室がどこにあったのか定かではないが、いとこたちの部屋は二階にあった。広い部屋は男兄弟の二人、狭い部屋は妹の貴子の居室であった。三階もあったが、月子は三階の部屋には入ったことがなかった。

「ねえ、どうして、月子たちの家にはお部屋もお庭もないの？」

と、貴子が月子に尋ねたことがあった。

「お部屋って、私や登の？」

「うん」

「それはね……」

月子が答えに窮していたところ、

「貴子！」と、妹を制した。幼い月子には、なぜ敬之が妹の貴子を黙らせたのかわからなかった。

久志や敬之は、まだ小学校にあがる前であった月子の弟、登にメンコやビー玉遊びを教え、可愛がってくれていた。月子は、そんな登を見ているのが好きだった。

ある日、ビー玉で遊んでいる登に、久志と敬之が声をかけたことがあった。

「登、数えた数だけくれてやる。ビー玉を数えてみるか？」

「ほんと？　数えたらくれるの？」

嬉しそうな登。

貴子が月子を呼びにきた。

登は嬉しそうに声をだして、「一、二、三、四、五………一六、一七、……二一」と数えていく。思っていたより登が数を数えられると気づいた久志と敬之は、顔を見合わせた。

「……二七……二九、三〇」

「登、そこまで」

久志が三三のところで声をあげた。

登は数えるのを止め、久志と敬之を見上げた。気づけば、叔母の瑛子も様子を見にきている。

「ぼく……」

戸惑う登に、なにやら相談していた久志と敬之の二人が尋ねた。

「ビー玉、三〇までにしてもよいか？」

「うん！」

元気に返事をした登に、月子は「ダメ」と言おうとした。そんなに沢山、もらってはいけないと思ったのだ。その時、瑛子が月子に「大丈夫よ」というように手を添えた。こうして、三〇個のビー玉が登のものになった。

いとこの貴子は小さい頃から美人で、「フランス人形のようだ」と称されていた。それに比べて月子は、背丈はあったが痩せていて、加えて無口だった。母や叔母たちからはルノアールの小説『にんじん』の「にんじん」のようだと言われていた。たしかに、いじけた雰囲気があったのかもしれないが、初めて『にんじん』を読んだときはショックだった。

小学三年生の頃だった。叔母の瑛子が、月子と貴子に夏祭り用のワンピースをつくってくれたことがあった。叔母は、娘の貴子には、純白の生地で、ふっくらとした袖に、裾にフリルのあるワンピースを、月子には白黒の格子柄で、ノースリーブのシンプルなワンピースをつくってくれた。

フリルのある白いワンピースを着ると、貴子はますますフランス人形のようであった。月子は、お手製のワンピースは嬉しかったが、子どもながらに「やっぱり、私はにんじん」と思うのだった。

後で知ったが、貴子の純白フリルのワンピースは、学校の先生たちの間でも知られていて、学芸会などの催しに頼まれれば貸し出していたという。思えば、物のない時代であった。

また、小学四年生の頃のことであった。月子は、廊下ですれちがった男性教師から「お前は貴子のいとこか？」と、声をかけられたことがあった。

月子が「はい」と答えると、男性教師は吐きすてるように「いとことは思えない」と言って去って行った。彼の後ろ姿は、月子に深く焼き付いた。その後、月子がその教師を許せないと思えるようになったのは、紛れもなく、母、琴のおかげであった。

それでも、月子は貴子と比較されても劣等感を抱くことはなかった。月子も貴子を「きれい」「すてき」と思っていたので、貴子がみんなから「きれい」「美人」とほめられていると、その通りだと嬉しかった。

貴子だけでなく、いとこたちは皆学校の成績も良く優良賞をもらっていたので、そのことも含めて、月子は「私のいとこたち！」と、心のなかで自慢していた。

そのような月子は、家が狭くとも、「にんじん」であろうと、本があれば幸せだった。

あの時代にあって、母がどのようにあれだけの量の本を集めたのか。女学校時代の友人や母のいとこや叔父たちなどの協力があったと思うが、のちのち振り返っても不思議に思うほどの本の量であった。

本に囲まれた部屋は主として、弟の登の部屋となっていた。押入れへと続く廊下のはずれの、少し幅が広くなっている箇所が月子のコーナーで、月子は心の中で「私の勉強部屋」と呼んでいた。

月子は、中学生、高校生の頃には『嵐が丘』、『ジェイン・エア』、『小公子』、『小公女』、『どん底』、

『桜の園』などを、大学生になってからは『怪盗ルパン』、『ふたりのロッテ』、『飛ぶ教室』、『エーミールと探偵たち』、『はてしない物語』などを読んだ。

高校生の頃の愛読書であった、『フランスの起床ラッパ』は、大学生になって上京する折にも持参した。もちろんいずれも、母の本棚から選んだものであった。

いつだったか母が、「日本の実態の一つよ」と紹介してくれた『基地の女』も忘れられない。そのように、母と本で結ばれることも、月子の喜びの一つだった。

親子に、ようやく穏やかな日常が戻っていたのだった。「私の勉強部屋」には、その小さな家の、小さな庭に咲いた花が一輪、いつも飾られていた。

付論　琴と月子の本棚から

『リンさんの小さな子』

フランスの作家であるフィリップ・クローデルが描く、ベトナム難民リンさんと小さな女の子を描いた切ない小説である。

村を焼かれたリンさんは、息子夫婦の遺体から少し離れたところで、産着に包まれていた孫のサン・ディウを発見する。サン・ディウとは「穏やかな朝」という意味だ。

リンさんは孫と一緒に難民宿舎に入るが、老人であることから、周囲にからかわれる日々であった。

リンさんは、サン・ディウのために必死で耐えていた。

そのようなある日、リンさんは散歩の途中、動物園の回転木馬を、向いの道路のベンチから飽きることなく眺める一人の男と出会う。彼は男の妻が生きていた頃には、その回転木馬を動かしていたようであった。男はバルクという名であった。ささやかな夢と妻を失った男と、故国を追われた老人は、毎日、同じ時間に同じ場所で会うようになる。言葉の通じない二人の、静かな癒しの時間が過ぎていく。

しかし、幸せは長くは続かず、リンさんが難民宿舎から養老院に移される日が来る。別れもできないままに、養老院に送り込まれたリンさんは、まったくのひとりぼっちになってしまう。

リンさんは街をながめるたびにバルクのことを思い、海をながめるたびに故国を思い出していた。それらすべてが、老人の魂を傷つけ、心を蝕んだ。リンさんは、孫の成長に気を配らなくてはと思うものの、それも徐々にままならなくなっていく。

人生の出口にいるリンさんの失意、孤独、絶望。希望がないということがどういうことなのか、切り詰められた言葉から、おそろしいほど読み手に伝わってくる。

リンさんはバルクに会うため養老院脱出を試みるが、失敗する。「会わなければならない友人がいるんです」「外に出たんだ」というベトナム語の叫びは通じず、注射で眠らされてしまう。

眠りの中で、リンさんはバルクを美しい故国に案内している夢を見る。夢の中のリンさんの、なんと誇り高いことか。故国の歌も美しい。

いつでも朝はある／いつでも朝は明るい／いつでも朝は戻ってくる／
いつでも明日はある／いつかおまえも母になる

リンさんは再び脱出を試み、それは成功する。しかし、不慣れな街で、バルクと会っていたベンチを探すのは容易ではない。待ち続けるバルク。感覚を失い、朦朧としながらも歩み続けるリンさん。二人の姿越しに見えてくるのは、地球の各地で、戦火によって故国を失っていく人びとの苦難であり、それでも希望を求めてやまない人々の愛である。

『子供の十字軍』

一九三九年、ポーランドでむごたらしい戦争があり、多くの町、多くの林が焼野原になった。この絵本は、ベルトルト・ブレヒトが、戦争に散った子どもたちに捧げる物語であった。ありし日の南東ポーランド。吹き荒れる雪の中、総勢五五人の子どもたちの命が散った。

その年の一月、ポーランドで
つかまった一匹の犬
やつれた首に　紙の札をぶらさげて

助けて！　と書いてあった
道に迷っています
五十五名です
この犬がここへ　あんないします。

もし　来れないなら
追いはらってください
うち殺してはいけません
かれだけが場所を知っています。

この文字は子どもの書いたものであったが、百姓たちがそれを読んだのは二年後のことであり、犬は飢えて死んでしまっていたという。

語られる言葉は少ないが、高頭祥八の画も、一つ一つ胸にせまってくる。

おわりに　琴の残した「思い」

琴が亡くなってから数年後、琴の所持品類を整理していた月子は、琴の手帳やノート類、原稿用紙などを発見した。いずれも茶色く変色していた。

メモ用紙には、こんな句が残されていた。

除雪車の　響きて嬉し　朝の暗
大輪の花　咲きほこるに　霧雨のふる
我が姿　重ねてみるや　老役者
幼な名を　呼びかふ会の　来年来るや

除雪車、霧雨の文字のある句は札幌に住んでいた頃のものであり、他の二つは、関東に戻ってからの最晩年の句であった。

そしてそれらの中に、特高に捕まった時のことを書いた小冊子があった。そこには、母の生前、ついに聞くことのできなかった拷問について綴られていた。

……手の甲で口元を叩かれ、痛さで物も言えなくなりました。座った股根の上を軍靴のかかとでグリグリやられもしました。「逆さ吊にするぞ」とか、「裸にするぞ」と脅かされましたが、「どうぞご自由に」と平然としていましたら、房に帰させられました。

どの房もいっぱいで、「おい、がんばれよ」、「負けるなよ」と声がかかり嬉しかったです。こんなにおおぜいの仲間がいるのかと胸がつまりました。……（略）。

……別の署に移されたが、房の板塀や柱を見ると、かつて、この房に入っていたなかまの名前、歌や詩がいっぱい書かれていたり、彫ったりしてあった。一つひとつ読んだりしていると、一日中、退屈することはありません。私も真似して彫りました……（略）。

月子は、老いた母が、琴自身の残した原稿や将之の手帳やノートを整理している際、「手伝う?」と声をかけることがあったが、そのような時、琴は「そうね」と言いつつも、結局は一人で文字を追うのだった。

年月はさらに過ぎて、月子も老齢期になりつつある年の暮れだった。

琴の句を読んでいた月子は、ふと、「命が大事。父や母、叔母たちが経験した戦争のようなことは起きませんように」と呟いた。

その時、月子の心からの願いが届いたのか、月子は琴の気配を感じた。

「そうよ。平和は命よ」「幸せは美よ」

母、琴の声である。

気づけば、父や叔母の気配も感じた。

「ええ、戦争はダメ。幸せと美のために」

月子は繰り返した。そして思った。父と母の歩いた道をたどり、忘れまいと。

そうして月子は、母が守ってきた作品の数々を、あらためて読み直すのだった。

横湯園子（よこゆ・そのこ）
1939年静岡県生まれ。前中央大学教授、元北海道大学教授。臨床心理士。
国立国府台病院児童精神科病棟児対象の治療的教育に関わり、都道府県長期研究生として東京大学教育学部にて研究。千葉県市川市教育センター指導主事を経て、女子美術大学助教授、北海道大学教授、中央大学文学部教授。定年退職後はフリーの心理臨床家として子ども・青年の諸事に関わる。
主な著書に『教育臨床心理学』（東京大学出版会）、『ひきこもりからの出発』（岩波書店）、『魂への旅路』（岩波書店）、『子ども心の不思議』（柏書房）など。訳書にタシエス『名前をうばわれたなかまたち』（さ・え・ら書房）。

ガーベラを思え――治安維持法時代の記憶

2021年1月25日　初版第1刷発行

著者 ――横湯園子
発行者 ――平田　勝
発行 ――花伝社
発売 ――共栄書房
〒101-0065　東京都千代田区西神田2-5-11出版輸送ビル2F
電話　03-3263-3813
FAX　03-3239-8272
E-mail　info@kadensha.net
URL　http://www.kadensha.net
振替 ――00140-6-59661
装幀 ―― 佐々木正見
印刷・製本―中央精版印刷株式会社

ISBN978-4-7634-0953-9 C0093